語可書坊

作家文摘　**语之可**　第三辑（07-09）

顾　问（以姓氏笔画为序）

冯骥才　孙　郁　苏叔阳　张抗抗　张　炜

梁　衡　梁晓声　韩少功　熊召政

主　编　张亚丽　　　　　**副主编**　唐　兰

编　辑　姬小琴　裴　岚　之　语

设　计　于文妍　之　可

语之可 08

Proper words

家国乾坤大

作家出版社

目 录

秦国为什么能后来居上

鞠 佳

　　著名历史学家范文澜先生在他的《中国通史》中这样评价道："战国将近二百年的长期战争，本质是地主政权代替领主政权的战争，是地主政权的秦国对领主政权的山东六国猛烈进攻，结果秦国胜利，是历史发展的一个伟大成就。"在这场战争中，秦国一方的百姓不断获得土地财产，越扩张就越获益，百姓怎么能不为之心动呢？

仅仅是军事吗

春秋战国，是一个变革的时代。其中许多故事，都能为今天提供参考。

有这样一个国家，套用今天的话说：它发迹于老少边穷地区，建国初期人口少、底子薄，资源贫瘠，政治文化落后，人民素质普遍较低，还常受外族侵略。

这，就是当时处于西北边陲的秦国。

然而，在其后短短一百年间，秦国通过变法图强，迅速超越中原各国，一跃成为政治、军事、经济强国，令人们震惊和赞叹！它依次灭掉了韩国、赵国、魏国、楚国、燕国、齐国，成为天下一统的新霸主。

这是一种什么速度？秦国速度。

要知道，从秦国商鞅变法（前 356 年）到秦始皇统一中国（前221年），只用了一百三十多年的时间——相对于周王朝八百年历史、齐晋等国三四百年历史的老资格来说，秦国只是一个年轻小伙子。

但事实就是如此，它华丽丽地崛起了。

这"秦国奇迹"的奥妙究竟在哪里？为何它能后来居上？

秦，是后世谈不尽的话题。无论是在历代的史书文字里，或是考古挖掘的实物场景中，我们都能得到这样的印证：秦军战斗力极强，它的军队纪律严明，士兵骁勇善战，所向披靡。

当时的人们就评价秦国"秦，虎狼也"。在《战国策》中，有这样震撼的描述：崤山以东的六国士兵，参战时都全副武装，穿着铠甲、戴着帽胄。但是，秦国士兵比六国士兵都更勇猛，他们通通赤膊上阵，不做任何保护措施，他们横冲直撞，杀红了眼，左手拎着血淋淋的人头，右手夹着生擒而来的俘虏，还在不停地追杀敌军（"山东之卒，被甲冒胄以会战，秦人捐甲徒裎以趋敌，左挈人头，右挟生虏"）——秦军的骁勇善战，为世人所公认。

后世人往往把秦国的强大归因于某些具体因素，比如使用了远距离射杀武器"弩"、青铜剑的制造技术好、马匹精良等。诚然，这些因素能够决定单场战斗的胜负，但秦军逢战必胜，所向披靡，其原因仅仅只在军事吗？

军事，只是表象，是政治的延伸。

而政治，亦只是另一个表象。

这背后，实质上是制度的变革。

领导在下一盘很大的棋

春秋战国时期是一个赢者通吃的时代，谁能打，谁就是大佬。

秦国一直都在做小弟，守着自己那点可怜的土地，龟缩在西北角。

所谓"向东不能出崤函，争南不能及巴蜀"，很长一段时间里，秦国的形势很不乐观，如果我们沿着北、东、南三个方向画一个半圆，就会发现，在秦国的周边，已经形成了一个巨大的"C"形包围圈，将这个国家严严实实封锁起来。

魏国、赵国、楚国，周边很多国家都在挑衅它，制造各种事端。面对各种挑衅，秦国就是硬不起来，幸运的是，秦国老百姓都能理解领导人的苦衷，他们说："我们秦王是在下一盘很大的棋。"

问题是，这盘棋下了好几代人，从爷爷辈到孙子辈，似乎车马炮还憋在老巢里不得出来。

"不改革，就没有出路，不改革，国家就不能发展！"站在函谷关的城墙上，秦孝公向近臣吐露心声。

作为秦国的第三十一位君主，秦孝公想带领秦国走向富强。

可是，改革该如何进行呢？对于一个没有任何比较优势的后发国家来说，一切都只是"摸着石头过河"，没有经验可循。

时间不等人。

此时，各国都已经启动改革了，而且卓有成效，请看：

魏国率先改革，领先了秦国五十多年，"李悝变法"让魏国一跃成为强国，侵吞秦国在河西的大片土地，将秦国逼入关中，使得"秦兵不敢东向"。

楚国也开始了改革，领先了秦国三十多年，"吴起变法"，辟地千里，带甲百万，"南并蛮越，遂有洞庭苍梧"，南方的大片土地归入楚国势力范围。

韩国，法家名士申不害也引领变法，"内修政教，外应诸侯"，制造出了当时最先进的武器，攻击性能极高，"天下之宝剑韩为众"。

齐国，是春秋战国时期最富之国，最早称霸中原，国内经济繁荣，商业发达，让各国羡慕不已。

……

当各国都在争相改革，取得一次次巨大的经济、政治、军事成就时，西北边陲的秦国该怎么办呢？

年轻的秦孝公登基伊始，便召开会议，加速改革，实现富国强国的愿望。当然，在秦孝公的心里，本国人才匮乏，他只能寄希望于国外人士。

当时各国间，人才流动频繁，奇士高人都自荐于王公贵族，以实现自己的人生理想和抱负。

商鞅就这样上场了。

向左走，向右走

这一年，商鞅三十九岁，也不年轻了，他在仕途上始终没有太大发展。

商鞅这个人，很早就精通法家思想，有很丰富的实战经验，可惜在一个"唯文凭是举"的时代，他学历太低，在魏国出不了头，总被那些"海龟"嘲笑。

商鞅很崇拜李悝、吴起等法家前辈，向往能像他们一样，做一番大事业，青史留名。

可这只是一个梦，他已经三十九岁了，半辈子已经过去，似乎没有看到一点转机。

当时，商鞅所在的魏国是较发达的国家，自然也是人才辈出，竞争激烈。商鞅眼看着别人一个个高升，而他却一事无成，陷入深深的困惑之中。

秦国的招贤诏令，让他眼前一亮。

商鞅是一个城府极深、思谋极细之人，他决定离开魏国。他不相信别人，只相信自己，正是这种极端自负的性格，让他日后成为天才般的治国人物，也让他最终死于非命——当然，这还只是后话。现在的商鞅所要面对的，是他实现人生跳跃的一次重大机会。

一个初登王位的青年君主，一个仕途不顺的"外来和尚"，就这样拉开了秦国历史乃至中华历史上的一幕改革大剧。

改革前夕，秦国做了充分的宣传工作，邀请文武百官进行了一场大讨论。

力主改革的商鞅与力主守成的老臣甘龙、杜挚，成为这次讨论的关键人物。

商鞅说："各国在竞相改革，而我们走了许多弯路，落后几十年了，我们不能再拖拖拉拉、瞻前顾后，要敢于打破利益阶层的垄断！"

"年轻人，不要急，我们在下一盘很大的棋。"老臣甘龙摇头说道，"改革非同儿戏，要慢慢来，你如此激进，偌大一个国家怎么适应得了？"

商鞅反驳道："真正有大胸襟之人，是不会迎合世俗观念的；真正能做大事的人，是不会和世俗民众去讨论的。"（"论至德者，不和于俗；成大功者，不谋于众。"）

甘龙是前朝老臣，也是秦国既得利益者的代言人，甘龙怒道："我甘氏是春秋时甘昭公的后代，我本人也为国家贡献了毕生精力，你这个外邦之人，来秦国尚不满百日，怎么敢说改就改？"

秦国的"甘氏家族"，可谓根正苗红，甘龙本人既有资历，又有实力。作为元老，甘龙也是一位杰出人物，在上一代的秦献公时代，功劳颇大。想当初，他也是锐意进取之人，只是此一时彼一时，如今甘龙已是既得利益者，位置不同了，自然也就反对改革了。

双方的争论逐渐白热化。

另一位老臣杜挚开始出来打圆场："改革如果是要剥夺一部分人的利益，那么势必引起社会动荡，还不如遵循以前的制度，渐进式发展。"

商鞅却是意志坚定，严厉反驳："古人早就说过，'三代不同礼而王，五霸不同法而霸'，纵观历朝历代，外界情势一变，国家法令自然也就要跟着变化。若落后一步，就会步步落后。与其站在岸边观望，不如摸着石头，蹚过河去！"

商鞅性格刚愎，棱角分明，史书中记载他的言辞，总能让人感觉到一股冷峻之风——当然，一个偏远落后的国度，正需要这样一位铁腕的政治人物，才能鞭策整个国家前进。

最后，秦孝公对这场大讨论进行了总结发言："我决心已定，不再在乎世人的那些议论，一定要进行改革。"

两千年前的秦国，在喊出"三代不同礼而王，五霸不同法而霸"的口号时，整个秦国获得了一次思想的大解放，秦国人开始尝试去过一种新的生活，一种他们之前所没有憧憬过的生活。

改革开始了。

"富二代"与"穷二代"

"商鞅变法"中城门立柱的故事，毋庸赘述，在此，我们思考一个核心问题：秦国的所有改革措施中，能最大限度调动国民积极性的，究竟是什么？

最关键的措施就是：建立军功爵制度。

"军功爵"制度——鼓励军功战功。凡参战的士兵，不论出身背景、家境贫富，只要斩获敌人首级一颗，就可提升一级爵位，升职、做官，还可获得相应的田地、财产。

这项制度为何重要？

在此，我们要先了解一下当时的社会状况。

贫、富二代之间不可逾越的鸿沟，是周朝社会的残酷现实。

要知道，当时对于人才的选拔，都是以宗族血亲关系为基础的，"世卿世禄制"是主要体制——贵族和平民有着严格的等级。

当时各国，都面临社会阶层断裂的危机。大多数国家，如鲁国、郑国、卫国、楚国，完全被既得利益者们掌控，上层社会资源由孟孙氏、叔孙氏、季孙氏、良氏、屈氏各大家族所瓜分，国家就是他们的家族企业，平头百姓根本没有进入的机会。

底层人才上不来，生活看不到希望；上层人士坐吃山空，崽卖爷田心不疼。

整个社会缺乏良性流动，发展到东周时期，国家陷入停滞，毫无生气。

怎么办？

战国时期"养士之风"流行起来：诸侯国各大夫都有自己的门客、食客等，聚集了大批人才于自己家中。比如著名的"战国四君子"——信陵君、孟尝君、平原君、春申君。他们对凡是来投奔自己的门客，都以礼相待，不分贵贱，由此为国家积累了大量人才，也为平民百姓开通了一条通往上层社会的通道。这个时代，涌现出一些平民出身的英杰人物，如蔺相如、范雎、毛遂、田文、公孙龙等，他们最早都是做门人食客，最后才脱颖而出的。

但这种选拔人才的方式，却有一个致命的缺陷：在千千万万的门人中，能脱颖而出获得主人赏识的，毕竟只是少数，它具有极大的偶然性，而且全凭主人的个人意愿，如蔺相如、毛遂这些人，成功皆因为偶然，商鞅在魏国就长期得不到赏识。

如何能有一种制度、一种标准，使人才选拔能系统地开展下去呢？

"门客制度"打破了官二代与穷二代之间的鸿沟，再进一步发展，就到了该形成体系、以既定客观标准作为评判人才的程度了。

在战乱频繁的年代，以军功来评价人才，是最现实的方法。

"军功爵制"应运而生。

在《商君书·境内》中，我们可以看到"军功爵"的明确规定，可以浓缩为以下三点：

第一，制定二十级爵，根据人们的军功大小授予爵位，军官从有军功爵的人中选用。

第二，无论是平民还是贵族，一视同仁，获得军功者才能晋级，没有军功者就无权拥有田地财产。

第三，在战斗中斩敌首一个，升爵一级，

可为五十石之官；斩敌首两个，授爵二级，可为百石之官。并且，每晋升一个级别，个人就能得到一顷之田、九亩的宅地，这些都属于私有财产，受国家保护。而贵族阶层，如果没有相应的军功，其财产和田地就要被剥夺。

商鞅治秦，一夜之间，草根与贵族的界限消失了，取而代之的是一视同仁的公平竞争。平民有可能成为达官显贵，达官显贵则有可能跌落为平民。优胜劣汰的法则，让这个国家开始充满活力！

军功爵的激励效应

"军功爵制"，用今天的企业管理术语来描述，就是"奖励制度和激励机制"，它开启了一条普通民众向上层阶级流通的道路，其本质就是提高民众的积极性。

"军功爵制"无论出身贵贱，不看家庭背景，只看个人努力，这极大激发了秦国人的积极性。从更大的意义上说，它让所有的秦国人都换了一种活法：每个人都有了追求成功的权利，每个人都可以通过自己的努力去获得社会认可！

这，就是商鞅的高明之处，他翻手为云，覆手为雨，像变魔术一样把民众内心深处的热情激发了出来。

这个国家给平民百姓带来了最大的期望值：

只要砍掉一个敌人的脑袋，就能官升一级，就能获得一顷的土地和九亩的宅地；

只要杀敌越多，拥有的荣誉和财富就会越来越多！

最重要的是，一共有二十个级别，按等差数列晋级。你越努力，就升得越快，所得财富就越多！达到最高级别时，你不仅可以指挥千军万马、享有房子和女人，而且还有机会被君王接见，你的荣誉将被秦国世代记住。

秦国的百姓沸腾了！他们世世代代做牛做马，从不敢想象自己有朝一日能进入上层社会。昔日的那些达官显贵、良田豪宅、娇妻美妾，在秦国百姓眼里是那么的遥不可及，而这一切，自从商鞅来了，变得那么清晰、触手可及。只要努力奋斗就能得到自己想要的一切，怎能不让人内心激动？

远在千里之外的赵国、魏国、韩国、楚国的百姓也都充满向往。在天下人眼里，秦国已然成了一块淘金之地，人们争先恐后地涌向秦国。秦国地广人稀，有大量闲置的荒地，许多外邦之人远道而来，在这里安营扎寨，开荒种地，并受到秦国政府的鼓励和嘉奖。很快，秦国人才济济，发展了起来，社会的财富越来越多，一派国富民安的景象。（"行之十年，秦民大悦，道不拾遗，山无盗贼，家给人足。"）

"地主集团"战胜"领主集团"

秦国的变革是迅速的，也是基本顺利的。我们进而想到一个问题：在当时激烈竞争的年代，其他国家没有类似的改革吗？

其他国家也有，甚至一度领先秦国，可是都以失败告终。

魏国的"李悝变法"，早于秦国几十年就实行过"军功爵制"，但魏国的弱点在于：士兵一旦晋级，吃喝拉撒、生老病死全由国家负责，这是个"无限责任制公司"，连结婚生子也由组织安排，久而久之，政府财政负担极重，最终难以为继，只能宣告破产。

楚国的"吴起变法"，也早于秦国，也是军功奖励制度，短时间内"南平百越，北并陈蔡"，辟地千里，一度是国土面积最大的国家，但楚国的软肋在于：国内既得利益群体过于庞大，高层完全由昭氏、屈氏、景氏几个大家族所垄断，形成了"寡头政治"。全国的事情只由几个大佬说了算，他们的儿子、孙子世袭爵位，随着改革的深入，权贵们的利益受到损害，他们联合起来，杀死了改革家吴起，中断了改革。

晋国曾一度打破公族世袭制，用大规模的"政治运动"打掉了国内所有的权贵势力，换上来的全是年轻小伙子。晋文公提拔了大量异姓家族，采用"尊功尚贤"手段，涌现出一大批杰出人才，晋国中原霸主的地位维持了一百多年的时间，可谓是春秋时期最持久的发达国家。但到了后期，这些异姓家族也开始壮大，成为新的既得利益者，变成被赵、魏、韩的少数大家族垄断的"寡头政治"，导致"三家分晋"，国家分裂了。

失败的结局各有不同，但原因只有一个：既得利益集团过于庞大。

再进一步分析，这些既得利益集团其实都是西周旧体制遗留下来的"领主集团"，而独独秦国的主体阶层是"地主集团"。

何谓"领主"？何谓"地主"？

简单点说，领主，就是在分封制下，拥有自己的领地、庄园，绵延万亩，自己有兵权、行政权、人事任免权、征税权等，独立性很大。而地主只有自己的一亩三分地，是没有军队和行政任免权的。

说得更简单点就是：地主只有地（面积不大），领主既有地又有人（地很大，人很多）。

与西周君主"分封制"一脉相承，诸侯大夫"世卿世禄"在各国延续了上百年。这些世袭的权贵，构成了庞大的领主集团，比如：鲁国的政权完全被孟孙氏、叔孙氏、季孙氏三家掌控了，郑国的上卿往往是罕氏、良氏家族轮流执政，卫国则是石氏和宁氏，楚国则是屈氏家族，晋国有赵氏、魏氏、韩氏……权贵阶层根深蒂固，使得很多像商鞅那样的小老百姓，即使有才，也无出头之日。

而反观秦国，则显得很"非主流"。

秦国因为经济落后，文化落后，社会阶层很松散，尚没条件产生稳定的权贵集团，门阀家族的影响力微乎其微。即使有少数的既得利益群体，也只是像甘龙、杜挚那样的个体，尚未形成庞大的势力。这种情况下，改革就不会受到像楚国、郑国那样多的权贵集团左右，只要出现一个铁腕意志的君主，推动变革，一竿子捅到底，改革就会进行得很顺利。

商鞅变法之后不久，就开始推行土地改革——"废井田，开阡陌"。就是打破"井田制"这种大锅饭的公有制，以"开阡陌"来开垦大量荒地、土地财产归个人。还鼓励东方各国的百姓前来秦国开荒种地，只要愿意的，都能得到自己的土地！秦国形成了千千万万个"小地主"，从而提高了百姓的生产积极性。

在其他国家，老百姓是没有自己的土地的，只有权贵阶层才享受土地和财产，他们世袭，不把利益分给老百姓。而在秦国，老百姓有自己的私有财产，而且是可以传给子孙后代的。

换作是你，你愿意选择哪个国家呢？

不言自明。

随着战争规模的扩大，秦国占领的土地越来越多。秦国的将士，有功既赏爵位，又赐田宅，可以成为军功地主，如果不断立功，还可不断受赏，以至于私人得到大量的土地田产。

我们惊讶地发现，秦国兼并六国的战争，实质上就是一场"财产私有化 + 土地归个人"的战争！

著名历史学家范文澜先生在他的《中国通史》中这样评价道:"战国将近二百年的长期战争,本质是地主政权代替领主政权的战争,是地主政权的秦国对领主政权的山东六国猛烈进攻,结果秦国胜利,是历史发展的一个伟大成就。"在这场战争中,秦国一方的百姓不断获得土地财产,越扩张就越获益,百姓怎么能不为之心动呢?

而在山东六国,老百姓没有自己的田地财产,永远是为贵族卖命。既如此,战争胜负又与百姓何干?我凭什么要为国家牺牲自己呢?所以百姓根本没有保家卫国的动力。

商鞅是个讲究实效的人,他的言辞向来露骨,直指人性:人的爱好无非两种,要么是名誉,要么是财富,只要给予他们这些东西,不就可以掌控整个社会了吗?("凡人主之所以劝民者,官爵也。")

战争本是残忍之事,却被商鞅包装成了走向成功的星光大道。

战争本是被民众厌恶之事,却被商鞅转化成了人们争相追逐的好事。

这正印证了《商君书》中所言:"凡战者,民之所恶也。能使民乐战者，王。"能够让民众热爱战争，狂热地追逐战争，这样的领袖，就是王。

在这种极端激励法下，秦国形成了"民之见战也，如饿狼之见肉"的景象，秦人纷纷从军，以征伐为荣，令山东六国瞠目结舌。秦汉史专家徐卫民教授在他的《军功爵制与秦社会》论文中作过统计："从商鞅变法到秦始皇即位前一年，前后经过一百零九年的时间，秦同六国共作战六十五次，其中同魏作战十六次，同楚作战十四次，同赵作战十三次，同韩作战十二次，同齐作战四次，同燕作战二次，同六国或五国联军作战四次。"

这些来自底层的士兵，为了获得军功和财产，拼命而疯狂地砍敌人的脑袋，因为只有提着脑袋，才能得到赏赐。在与赵国的"长平之战"中，秦军大将白起一声号令，坑杀四十万赵军，人们被秦军这种疯狂的举动震慑了！

数十年间，秦国百姓普遍都拥有了自己的田地和财产。正如英国的《国富论》中所说，人性是以利己为前提的，人们只有对自己的私有财产才最珍惜。由此，秦国百姓为了保卫自己的财产，形成的向心力和凝聚力，坚不可摧，再也没有哪个敌国能打败这个国家。

法家思想的极端

随着努力程度越大，财富越成倍增加，任何人都无法抗拒"军功爵制"的诱惑。

为了保证这种狂热能长期持续下去，商鞅采取了一条更为厉害的措施：只开放"军功爵"这一条通道，严禁从事商业贸易等其他经济行为。中下层百姓为了获得社会地位上升的机会，唯有参战！全社会都集中在这一个目标点上，其所积累的力量是惊人的。

法家另一位代表管仲曾言："利出于一孔者，其国无敌；出二孔者，其兵不诎；出三孔者，不可以举兵；出四孔者，其国必亡。"当人民所追逐的利益，都来自同一个方向时（比如参军），那么掌控这个国家就天下无敌了；当人民有两个可选择的逐利方向时（比如参军或务农），还是可以保证强盛的；当人民有三个可选择的逐利方向时（比如参军、务农或经商），那么征伐别国的力量就不强了，因为每个人的选择太自由了，不听政府的了；当人民有四个可选择的逐利方向（比如参军、务农、经商或出国移民）或更多选择时，那么君王就很难控制老百姓了。

这话说得有些极端，但在当时那个时代，无疑是正确的。那个时代的老百姓，只是为国家、君主服务，而国家之间靠的是武力征伐决定存亡，一旦老百姓有多种人生选择，执政者就控制不了大量民众，就很难组织起有效的军事作战了。

法家"利出一孔"的秘诀，被商鞅用严刑峻法定下型来。

秦国的老百姓做梦也想不到，几年前他们还是西部边陲最穷国家的最底层平民，几年之后，他们一个个都有机会成为"军功地主"，成为社会成功人士，跻身上流社会。

制度变革的力量，是多么惊人，能让一个西部边陲弹丸小国短期内成为天下强国！

在巨额财富的诱惑下，秦军狂热追逐着他们的梦想，直到灭六国。据清代梁玉绳的《史记志疑》统计：

秦自献公廿一年与晋战，斩首六万，秦孝公八年与魏战，斩首七千，惠文八年与魏战，斩首四万八千，后七年与韩、赵战，斩首八万，十一年败韩岸门，斩首万，十三年击楚丹阳，斩首八万，武王四年拔韩宜阳，斩首八万，昭襄王六年伐楚，斩首二万，七年复伐楚，斩二万，十四年攻韩、魏，斩首二十四万，廿七年，击赵，斩三万，三十三年破魏将暴鸢，斩四万，三十三年又伐魏，斩四万，三十四年破魏将芒卯，斩十三万，沉河二万，四十三年攻韩，斩首五万，四十七年破赵长平，坑卒四十五万，五十年攻晋军，斩首六千，流死河二万人，五十一年攻韩，斩首四万，攻赵，斩九万。

现在，我们来回答，秦国为什么能后来居上？

答案只有一个：公平竞争，能者多得。

海瑞：古怪的模范官僚

黄仁宇

　　海瑞是忠臣，又是孝子。他三岁丧父，孀居的母亲忍受着极大的困难把他教养成人。她是他的抚养者，也是他的启蒙者。在海瑞没有投师就读以前，她就对他口授经书。所以，历史学家们认为海瑞的刚毅正直，其中就有着他母亲的影子。然而，同样为人所承认的是，海太夫人又是造成这个家庭中种种不幸事故的重要因素……

1587年阳历11月13日，南京都察院右都御史海瑞在任所与世长辞。他是一个富有传奇性的人物，对他的生平行事应该如何评论，人们曾经发生过尖锐的争执。这争执一直延续到多少年以后还会成为问题的焦点。

和很多同僚不同，海瑞不能相信治国的根本大计是在上层悬挂一个抽象的、至美至善的道德标准，而责成下面的人在可能范围内照办，行不通就打折扣。而他的尊重法律，乃是按照规定的最高限度执行。如果政府发给官吏的薪给微薄到不够吃饭，那也应该毫无怨言地接受。这种信念有他自己的行动作为证明：他官至二品，死的时候仅仅留下白银二十两，不够殓葬之资。

然则在法律教条文字不及之处，海瑞则又主张要忠实地体会法律的精神，不能因为条文的缺漏含糊就加以忽略。例如他在南直隶巡抚任内，就曾命令把高利贷典当而当死的田产物归原主，因而形成了一个引起全国注意的争端。

海瑞从政二十多年的生活，充满了各种各样的纠纷。他的信条和个性使他既被人尊重，也被人遗弃。这就是说，他虽然被人仰慕，但没有人按照他的榜样办事，他的一生体现了一个有教养的读书人服务于公众而牺牲自我的精神，但这种精神的实际作用却至为微薄。他可以和舞台上的英雄人物一样，在情绪上激动大多数的观众；但是，当人们评论他的政治措施，却不仅会意见分歧，而且分歧的程度极大。在各种争执之中最容易找出的一个共通的结论，就是他的所作所为无法被接受为全体文官办事的准则。

海瑞充分重视法律的作用并且执法不阿，但是作为一个在圣经贤传培养下成长的文官，他又始终重视伦理道德的指导作用。他在著作中表示，人类的日常行为乃至一举一动，都可以根据直觉归纳于善、恶两个道德范畴之内。他说，他充当地方的行政官而兼司法官，所有诉讼，十之六七，其是非可以立即判定。只有少数的案件，是非尚有待斟酌，这斟酌的标准是：

　　凡讼之可疑者，与其屈兄，宁屈其弟；与
其屈叔伯，宁屈其侄。与其屈贫民，宁屈富民；
与其屈愚直，宁屈刁顽。事在争产业，与其屈
小民，宁屈乡宦，以救弊也。事在争言貌，与
其屈乡宦，宁屈小民，以存体也。

　　用这样的精神来执行法律，确实与"四书"的训示
相符合。可是他出任文官并在公庭判案，上距"四书"
的写作已经两千年，距本朝的开国也已近两百年。与海
瑞同时的人所不能看清楚的是，这一段有关司法的建议
恰恰暴露了我们这个帝国在制度上长期存在的困难：以
熟读诗书的文人治理农民，他们不可能改进这个司法制
度，更谈不上保障人权。法律的解释和执行离不开传统
的伦理，组织上也没有对付复杂的因素和多元关系的
能力。

　　海瑞的一生经历，就是这种制度的产物。其结果是，
个人道德之长，仍不能补救组织和技术之短。

　　海瑞以举人出身而进入仕途，开始被委任为福建一
个县的儒学教授，任期四年。到 1558 年升任浙江淳安知

县的时候，他已经四十五岁。

这淳安县，乃是往来三省的孔道。交通发达，本县人民的负担也随之加重。原因是按照本朝立国时所订立的财政制度，政府中的预算并无旅费一项，全国1040个驿站，名义上由兵部掌管，实际上一切费用，即过境官员本人及其随从所需的食物、马匹和船轿挑夫，全部由该地方负责。兵部只发给旅行人员一纸勘合：驿站所在之处，即须按照规定供应。七品官海瑞的声名开始为人所知，就是因为他能够严厉而巧妙地拒绝了官员滥用这种权力而增加地方上的负担。

这一段故事说，当日以文官而出任总督的胡宗宪，兼负防御倭寇的职责，居官风厉，境内的官民无不凛然畏惧。一次，他的儿子道经淳安，随带大批人员和行李，作威作福，对驿站的款待百般挑剔，并且凌辱驿丞。县令海瑞立即命令衙役皂隶拘捕这位公子押解至总督衙门，并且没收了他携带的大量现银。他在呈报总督的公文内声称，这个胡公子必系假冒，因为总督大人节望清高，不可能有这样的不肖之子，也不可能拥有这么多的金银财物。

如果这段故事夹杂了夸张和渲染，那么，海瑞对付鄢懋卿的经过则属确凿无疑，因为有他收入文集中的缄牍可以为证。

1560 年，左副都御史鄢懋卿被任命清理盐法，南北各省的食盐征收专卖都归他节制，以期增加政府收入，加强抗击倭寇的财力。对于这位钦差大臣，地方官自然毕恭毕敬，不敢有丝毫怠慢。而钦差大臣本人也不能避免标榜俭朴以沽名钓誉的时尚，先期发出通令，内称本院"素性简朴，不喜承迎。凡饮食供帐俱宜简朴为尚，毋得过为华奢，靡费里甲"。这样的官样文章早已为人所司空见惯，不过视作一纸具文，即在钦差大人本身也不会想到会有人认真对待。

淳安县县令海瑞对这一通令可是毫不含糊。当鄢都院的节使尚未到达淳安，他已经接到一个禀帖。禀帖的一开头规规矩矩地写着"严州府淳安县知县海谨禀"，紧接着就把通令的原文节录于后，再接着就说台下奉命南下，浙之前路探听者皆曰，各处皆有酒席，每席费银三四百两，并有金花金缎在席间连续奉献，其他供帐也极为华丽，虽溺器亦以银为之云云。最后要求钦差大人摒弃奢华的排场和搜刮，并且说，如果不能拒绝地方官这样的阿谀恭维，将来势必无法做到公事公办，完成皇上委托的任务。据说，鄢懋卿接到禀帖以后，就没有敢进入淳安，而是绕道他去。

这种直言抗命的精神，可能使海瑞失掉了一个升官的机会。他于1562年调任江西兴国，官职仍是知县，不升不降。以他这样的性格和作风，上司当然衔恨在心，如果不是他本人言行如一，清廉正直，十个海瑞也早已罢官免职。他的节俭的名声遐迩皆知，据说有一次总督胡宗宪竟然以传播特别消息的口吻告诉别人，说海瑞替母亲做寿，大开宴席，竟然还买了两斤肉。此事的真实性无法得到证明，但海瑞饭桌上的蔬菜出自他亲自督率别人在衙后栽种，则属毫无疑问。

基于道德观念的驱使，下级官员反抗上级，历来也并不罕见，但大多引不起特别的注意，事情发生后不久，随即为人遗忘。然而海瑞却属例外，他得到命运的帮助，历史站到了他这一边。1562年，历任首辅几达二十年的大学士严嵩为嘉靖皇帝免职，他所扶植的私人也不免相继倒台，其中包括胡宗宪和鄢懋卿。他们既被确定为坏人，海瑞在他们当权的时候敢于和他们作对，当然可以算得特行卓识。为此他的声望大增。这四十九岁的海瑞，虽然不是进士出身，官阶也仅为正七品，可是已经获得了在大众心目中成为英雄的可能性，只需再加以机缘，就可以把这一地位巩固下来。

1565年，海瑞再次表现了他直言的胆略。当时他已经升任户部主事，官阶为正六品，这是一个接近于中级官员的职位。当时的北京，并没有出现什么令人振奋的气象。相反的，南北两方都连连告警，急待增加收入以备军需。然而政府别无新的途径筹款，可行的办法还是不外挪借和增加附加税。前者并不增加收入，也没有紧缩支出，而仅仅是此款彼用；后者则使税收制度更加复杂和实际执行更加困难。户部是国家的财政机关，但是主事一类的官却无事可做。大政方针出自堂官尚书侍郎，技术上的细节则为吏员所操纵。像海瑞这样的主事，根本不必每日到部办公，不过是日渐一日增积做官的资历而已。

嘉靖皇帝当日已御宇四十年。他的主要兴趣在于向神仙祈祷和觅取道家的秘方以期长生不死。他住在皇城中的别墅里，然而又不能以一般的荒惰目之，因为他除去不在公开场合露面以外，对于国家大事仍然乾纲独断，有时还干涉到细节。这位皇帝的喜爱虚荣和不能接受批评世无其匹，只接近少数佞臣，听到的是各种虚假的情况。当他发现大事已被败坏，就把昔日的一个亲信正法斩首，以推卸责任而平息舆论。这种做法使得廷臣但求自保而更加不去关心国家的利益。1565年，严嵩去职虽已三年，但人们对嘉靖的批评依然是"心惑""苛断"和"情偏"。然而他对这些意见置若罔闻，明明是为谀臣所蒙蔽，他还自以为圣明如同尧舜。

经过慎重的考虑，阳历11月，海瑞向嘉靖递上了著名的奏疏。奏疏中指出，他是一个虚荣、残忍、自私、多疑和愚蠢的君主，举凡官吏贪污、役重税多、宫廷的无限浪费和各地的盗匪滋炽，皇帝本人都应该直接负责。皇帝陛下天天和方士混在一起，但上天毕竟不会说话，长生也不可求致，这些迷信统统不过是"系风捕影"。然而奏疏中最具有刺激性的一句话，还是"盖天下之人不直陛下久矣"，就是说普天下的官员百姓，很久以来就认为你是不正确的了。

这一奏疏的措辞虽然极端尖辣，但又谨守着人臣的本分。海瑞所要求于皇帝的不过是改变自己的作为，而这改变又非常容易，只需要"幡然悔悟"，由乱致治，也不过"一振作间而已"。言下之意是，如果皇帝能够真正振作，选择合宜的道路，赴之以决心，他还是有机会成为尧舜之君的。

这样的奏疏确乎是史无前例的。往常臣下向皇帝作诤谏，只是批评一种或几种政策或措施，这种指斥皇帝的性格和否定他所做的一切，等于说他这几十年的天子生涯完全是尸位素餐，而且连为人夫及人父的责任也没有尽到，其唐突之处，真的是古今罕有。

嘉靖皇帝读罢奏疏，其震怒的情状自然可想而知。传说他当时把奏折往地上一摔，嘴里喊叫："抓住这个人，不要让他跑了！"旁边一个宦官为了平息皇帝的怒气，就不慌不忙地跪奏："万岁不必动怒。这个人向来就有痴名，听说他已自知必死无疑，所以他在递上奏本以前就买好一口棺材，召集家人诀别，仆从已经吓得统统逃散。这个人是不会逃跑的。"嘉靖听完，长叹一声，又从地上捡起奏本一读再读。

嘉靖没有给予海瑞任何惩罚，但是把奏章留中不发。他不能忘记这一奏疏，其中有那么多的事实无可回避，可是就从来没有人敢在他面前哪怕是提到其中的一丁点儿！皇帝的情绪显得很矛盾，他有时把海瑞比作古代的忠臣比干，有时又痛骂他为"那个咒骂我的畜物"。有时他责打宫女，宫女就会在背后偷偷地说："他自己给海瑞骂了，就找咱们出气！"

此时嘉靖的健康已经欠佳，他曾经动过退位为太上皇的念头，可是这种放弃天下职责的做法，在本朝又并无先例。在1566年阳历2月底，他左思右想，气愤难平，终于下令锦衣卫把海瑞逮捕到东厂禁锢。刑部议决对海瑞按儿子诅咒父亲的律例处以绞刑，然而嘉靖皇帝在以前虽然批准过许多人的死刑，在这时候却没有在刑部的建议上作任何的批复，因此，海瑞就在狱中住了十个月。

有一天，狱中忽然设酒肴相待。海瑞以为这是临死前的最后一餐，他神色不变，饮食如常。提牢主事悄悄告诉他，皇帝业已升遐，新君不日即位，你老先生乃是忠臣，一定会得到重用。海瑞听罢，立刻放声号哭；号哭之余，继以呕吐。

1567年年初隆庆皇帝登极，海瑞被释出狱。对他的安排立即成了文渊阁大学士和吏部尚书的一个难题。他的声望已为整个帝国所公认。他当然是极端的廉洁，极端的诚实，然而从另外一个角度来看，也可能就是极端的粗线条，极端地喜欢吹毛求疵。这样的人不会相信为人处世应该有阴阳的分别，他肯定会用他自己古怪的标准要求部下和上司。对他应该怎么分派呢？看来比较稳妥的办法是让他升官而不让他负实际的责任。于是，在不长的时期内，他历任尚宝司丞、大理寺右寺丞、左寺丞、南京通政司右通政，官至正四品。这样一个闲曹自然不能令海瑞满意，因为他是伦理道德的坚决信奉者和实行者，对国家和人民具有高度的责任感。

1569 年年初的京察，按照惯例，凡属四品以上身服红袍的官员都应当作出自我鉴定。于是海瑞在奏折中说：陛下既然赦免了我的死罪，又对我破格擢升，在所有的文臣之中，没有一个人会比我更加迫切地要求报答陛下的恩典。接着，他谦虚地声称自己才浅识疏；又接着，他表示自己现任的职务只是专管查看呈奏给皇帝的文书，看罢以后原封发送，既无财政责任，又用不着下左右全局的决心，但是连这样的一个位置还不称所职，所以不如干脆把我革退。

这样看来，海瑞并不是完全不懂得阴阳之道的精微深奥。他阳求罢免，阴向管理人事的官员要挟：如果你们真的敢于罢黜我这样一个有声望的、以诤谏而名著天下的忠臣，你们必然不容于舆论；如果不敢罢黜我，那就请你们分派给我能够实际负责的官职。

文渊阁和吏部终于向他低头。当年夏天，海瑞被任命为南直隶巡抚，驻扎苏州。且不说这里是全国最富庶的地区，即使是一般地区，任命这样一位不由进士出身的人担任巡抚，也已属于罕见。但是这一地区历来号为难治，以海瑞的性格而就任斯职，有识见的人早就料到必然引起不良的后果。事实不出所料，八个月之后，他遇到劾参而被迫退休。

海瑞的新职一经发表，南直隶的很多地方官就自己估计到将会不能见容于这位古怪的上司，因而自动离职或请求他调。缙绅之家纷纷把朱漆大门改漆黑色，以免炫人眼目而求韬光养晦。驻在苏州的一个宦官把他的轿夫由八人减至四人。举出这些琐事，就可以证明新巡抚大人声势之迅猛，足以使人震慑。

海瑞下车伊始，就把他的"督抚条约"三十六款在所治各府县公布。条约规定：境内成年男子一律从速结婚成家，不愿守节的寡妇应立即改嫁，溺杀婴孩一律停止。巡抚出巡各地，府县官不得出城迎接，但巡抚可以传询耆老听取他们的控诉。巡抚在各府县逗留，地方官供给的伙食标准为每天纹银二钱至三钱，鸡鱼肉均可供应，但不得供应鹅及黄酒。境内的公文，今后一律使用廉价纸张；过去的公文习惯上在文后都留有空白，今后也一律废止。自条约公布之日起，境内的若干奢侈品要停止制造，包括特殊的纺织品、头饰、纸张文具以及甜食。

这些规定，有的不免失之琐碎苛细，本来就会生问题的。而他最后的垮台，则是因为他干预了境内的农田所有权所致。

本朝开国之初，太祖洪武皇帝使用严厉的手段打击豪绅富户，两千年来社会的根本问题即土地问题因而得以暂时缓和。中叶以来，这一问题又趋尖锐。高利贷者利用地方上的光棍青皮大量放款于自耕农，利率极高，被迫借款者大多不能偿还。一旦放款的期限已到而又无力偿还，其所抵押的土地即为放款者所占有。虽然官方曾规定利率不得超过三分，而且不论借款时间之长短，利息总数不得逾本金之半，但这种规定从来未能认真执行。与上述规定同时，官方还规定土地因不能还贷而被放款者占有，五年之内，仍可以用原价赎回，这也就在书面上更增加了事情的复杂性。

海瑞之下决心改变这种状况，不仅是出于保持法律的尊严，而且是为了维护道德的神圣。从他的文集中可以看出，他有限制富户过多占有土地、缩小贫富差别的愿望。这种冲动使他一往直前，义无反顾。因此，他毫不犹豫地接受了大批要求退田的申请。

南直隶境内的豪绅富户，最为小户百姓所痛心疾首的是徐阶一家。此人曾任首辅，后为高拱排斥而退休闲住。他的家庭成员，据称多达几千，其所占有的土地，有人说是二十四万亩，有人说是四十万亩。上述数字无疑地有所夸大，但徐家为一大家庭，几代没有分家，放高利贷的时间也已颇为长久。海瑞把有关徐家的诉状封送徐阶，责成他设法解决，最低限度要退田一半。从他们往来的缄牍中可以看到，徐阶被迫接受了海瑞的带有强迫性的要求。

徐阶于海瑞有救命之恩。在他任首辅期间，海瑞因为上书而被系狱中，刑部主张判处绞刑，徐阶将此事压置。他退职家居以后，听任家里人横行不法，根据当时的法令，他可以受到刑事处分。海瑞强迫他退田，并且逮捕了他的弟弟徐陟，一方面显示了他的执法不阿，另一方面也多少可以减缓百姓的不满，体现了爱人以德的君子之风。这种兼顾公谊私情的做法大大地增加了海瑞的威信。

如果海瑞采用惩一儆百的方式，把徐家或其他几家有代表性的案件广事宣传，以使借富欺贫者知所戒惧，而不是对类似的案件一一追究，那么，他也许会在一种外张内弛的气氛中取得成功。然而他的热情不可收敛。他指定每月有两天专门收受这一类案件。据他自己的文章中说，他每天要收到三千至四千件禀帖。牵涉面如此之广，自然一发而不可收。

南方的农村大多种植水稻。整片田地由于地形和灌溉的原因划为无数小块，以便适应当时的劳动条件。这样，因为各小块间肥瘠不同，买卖典当又经常不断，是以极少出现一个地主拥有连绵不断的耕地。王世贞和何良俊都记载过当时的实况是，豪绅富户和小户的自耕农的土地互相错杂，"莫知所辨析"。海瑞自己在海南岛的田产，据估计不到四十亩，却分成了九十三块，相去几里。这些复杂的情况，使解决农田所有权的问题变得更加困难。

除此以外，利用高利贷以侵蚀获取他人的产业，还并不限于富户及其代理人青皮光棍。因为信用借贷的机构并不存在，一个自耕农如果稍有积蓄，他就会设法把积蓄贷之于亲戚邻舍以取得利息，借方即以其田产的一部分作为抵押品。在开始的时候借贷双方的贫富程度往往相去无几，然而当借方由于急需而以这种利率极高的贷款来饮鸩止渴，在多数的情况下就难于自拔，所抵押的田产也随即为贷方接管。这种情形在当时已经成为社会风气。海瑞卷入了大量这样的纷争之中，孤军奋斗，遂使自己陷于不能自主之境。

以个人而对抗强大的社会力量，加之在具体处理这些诉讼的时候又过于自信，师心自用，既没有对地方上的情形作过周密的考察，也没有宣布法律的准则，更没有建立专门的机构去调查案情、听取申辩以作出公正的裁决，海瑞的不能成功已不待言而自明。除此以外，他虽然承认明文规定五年以上不得赎还的条文，却要求有书面契约作为依据，否则这一条文就不能适用。这个理由表面上似乎并无不妥，然而揆诸实际，农民间的借贷，通常却很少有书面契约。据他自己说，对这样的案件，他所批准赎还的仅占二十分之一。但正如上面所说的，他不是依靠一个强有力的机构而只凭个人的判断去裁决为数众多、头绪纷繁的争执，其是否能一一做到合情合理，无疑是一个极大的疑问。

还在海瑞受理田产纷争之前，他已经受到了监察官的参劾。参劾的理由是他不识大体，仅仅注意于节约纸张等细枝末节，有失巡抚的体统。随后，给事中戴凤翔以更严厉的措辞参劾海瑞，说他但凭一己的冲动随意对百姓的产业作出判决，在他的治下，佃户不敢向业主交租，借方不敢向贷方还款。这种明显的夸大之辞不免使人怀疑这位给事中是否已经和高利贷者沆瀣一气。更为耸人听闻的是，戴凤翔竟说，七个月之前，海瑞的一妻一妾在一个晚上一起死去，很可能出于谋杀。尽管海瑞答辩说他的侍妾在阳历 8 月 14 日自缢，而妻子则在 8 月 25 日病死，但是给事中的参劾已经起到了预期的效果，不论真相如何，许多人已经怀疑海瑞确系怪僻而不近人情，所以才会发生这样的家庭悲剧。

事情极为分明，戴凤翔所代表的不仅是他自己。要求罢免海瑞的奏疏继续送达御前。吏部根据各种参劾的奏疏提出意见，说南直隶巡抚海瑞实为"志大才疏"，应该调任闲曹。这情形是如此微妙，一年之前没有人敢于非议这位朝廷上最正直的忠臣，一年之后他却成了众矢之的；一年之前文渊阁和吏部还因为海瑞的抗议，对他另眼相看，一年之后他们却建议皇帝让他去重新担任不负实际责任的官职。愤愤不平的海瑞终于在 1570 年春天被迫辞职回乡，在提出辞职的奏疏中，他痛斥"举朝之士，皆妇人也"。这种一概骂倒的狷介之气，使他在文官集团中失去了普遍的同情。

两年之后，万历皇帝登极，张居正出任首辅。这位文渊阁的首脑和海瑞一样，尊重法纪而讨厌苏松地区的地主。由此，海瑞曾经和张居正作过接触，希望他主持公道。张居正给他的复信中说：

> 三尺之法不行于吴久矣。公骤而矫以绳墨，宜其不堪也。讹言沸腾，听者惶惑。仆谬忝钧轴，得参与庙堂之末议，而不能为朝廷奖奉法之臣，摧浮淫之议，有深愧焉。

这种以委婉的语句阳作同情、阴为责备的修辞方式，正是我们的文人所擅长的技巧。张居正认为海瑞轻率躁进而拒绝援之以手，使海瑞赋闲家居达十五年之久，一直要到1585年，他才被重新起用为南京右佥都御史。

对于张居正，批评者认为他峭刻、矫饰而自奉奢侈；对于海瑞，则称之为奇特、怪僻而执拗。批评者没有看到他们那种上下而求索的精神，即希望寻找出一种适当的方式，使帝国能纳入他们所设计的政治规范之内。尤其重要的是，如果张居正的措施多少带有变法的意味，那么海瑞的做法却是力图恢复洪武皇帝拟定的制度，这些看来似乎是古怪的政令都有成宪和理论的依据。

洪武皇帝两百年以前创建本朝，并确立了整套的政治和经济制度，其主要的着眼点在于保存一个农业社会的俭朴风气。当时全国的文官仅有八千人。所有办理文牍和事务的技术人员称之为"吏"，和文官属于两个不同的阶层，如泾渭之分明。官可以罚降为吏，吏却很少能上升为官。这些吏的薪给极为微薄，仅足以供一家糊口。

即使对于官员，立法上的限制也十分严格。比如有一条最为奇特的规定是，所有的官员如果未经一定的手续批准，则不能越出城门一步，违者以扰民论，按律处死。他们和百姓接触的方式是派皂隶票传当事人前来官衙，三传不到，才能下令拘捕。洪武皇帝还亲自著成一本名为《大诰》的小册子，通过具体的案例以阐述他实行严刑峻法的原因。百姓中每家每户都必须置备一册，如果遭受官府欺压而沉冤不能昭雪，有必要叩阙鸣冤，这本《大诰》可以代替通行证。

农村的组织方式是以每一乡村为单位，构成一个近于自治的集团，按照中央政府的规定订立自己的乡约。一村内设"申明亭"和"旌善亭"各一座，前者为村中耆老仲裁产业、婚姻、争斗等纠纷的场所，后者则用以表扬村民中为人所钦佩的善行。一年两度，在阴历的正月和十月，各村都要举行全体村民大宴，名曰"乡饮"。在分配饮食之前，与会者必须恭听年高德劭者的训辞和选读的朝廷法令，主持者在这一场合还要申饬行为不检的村民。如果此人既无改悔的决心而又规避不到，那就要被大众称为"顽民"，并呈请政府把他充军到边疆。

在为全国农村规划这样一张蓝图的同时，洪武皇帝又连兴大狱，打击官僚、缙绅、地方等高级人士，从朝廷内的高级官员直到民间的殷实富户，株连极广。据有的历史学家估计，因之丧生者有逾十万。没收了案犯的家产并把其中的土地重新分配，加上建国以来大批的移民屯田开荒，就使全国成了一个以自耕农为基础的农业社会。1397 年，据户部统计，全国仍能保有田产 700 亩以上的地主计有 14341 户。他们的名单被备案呈报御前，洪武皇帝批准他们保持自己的产业，但同时加之以很多服役的义务，俾使其家产不致无限地扩大。

洪武皇帝所推行的农村政策及一整套的措施，对本朝今后的历史，影响至为深远。其最显著的后果是，在全国的广大农村中遏止了法制的成长发育，而以抽象的道德取代了法律。上自官僚下至村民，其判断是非的标准是"善"和"恶"，而不是"合法"或"非法"。

在财政制度上，政府规定了按面积征收田赋，除浙西（当时的浙西包括今日的苏南）而外，其他地区的税率都比较低。征收不分贫富，其限制富户的办法即上述的服役。这种服役名目繁多，而且按累进税的原则分派，即家室愈是殷富，其负担也愈是繁重。比如各地驿站所需的马匹、船轿和饮食，完全出自大户供给，一年中的供应量又没有限额，旅行的官员越多，他们的负担也越重。

地方支出中数字最难固定的项目，即来往官员的旅费。这笔费用既由各大户分摊，所以大部分的地方政府，其财政开支大都根据固定的数字。同时又因为开支涉及的范围很小，多数地区均可自给自足。其有特殊情况不能自给的，按规定应由距离最近而有盈余的地区直接补贴。这种地方自给的财政制度推行到这样的程度，即在洪武末年五千名金吾卫军士的军饷不是由国库支出，而是指定应天府内五千个纳税人把他们应交的税米直接送到这五千名军士的家里。这种以赢补亏而不由上级机关总揽收支以节约交通、通讯、簿记、仓库管理等各项后勤支出的财政制度贯彻于本朝的始终。全国满布着无数的短途运输线，缺乏统一的组织和管理。到后来税收已由实物折为现银。这种原始的方式也由于积重难返，而且中级机构又缺乏组织，而无法完全改变。

显而易见，这种财政制度的弊病在于缺乏弹性，不能适应环境而调整。各府县的税率、税额长期凝固，即便耕地的收获量增加，其利益也为业主和高利贷者分润，于国库则无所裨益。在传统经济中的主要成分农业的税收情形尚且如此，对视为末业的工商业，自然也是照此办理。

造成这种财政经济上凝固化的主要原因，是为了维持文官制度的统一和协调。各个地方官既已根据洪武皇帝所制定的原则，以农村的简朴为行政的着眼点，那么少数文官想要刺激较为活跃的经济部门例如商业，或者是想改革供应制度以总收专发，保持收入和支出的合理弹性，则势必在整个文官集团中另起炉灶，培养一批技术人员。其甄别、训练、管理、考核、升调也都要和一般行政人员不同。这样，势必演变而为两套不同的法令和两个不同的组织。而在事实上，文官集团只能有一种传统的性格，而由于这个集团是本朝实际上的统治者，它就必然会以自己的性格作为标榜，而责成全社会向它看齐。俭朴本来是一种美德，然而在这种条件下提倡俭朴，充其量也不外是一种手段，意在使行政问题简化，以适应政府本身的低能。

现在又要回到海瑞。他把洪武皇帝提倡的原则奉为金科玉律，不准民间制造奢侈品，诸如忠靖凌云巾、宛红撒金纸、斗糖斗缠、大定胜饼桌席等等，都在严禁之列。他一意重农，力追往古，强调"两汉力田孝弟并科之意，隆礼相爱，惟上意向，惟民趋之，一归本业，力返真纯"。希冀以个人的力量，领导社会回复到历史上和理想中的单纯。但是他和洪武皇帝都没有想到，政府不用技术和经济的力量扶植民众，而单纯依靠政治上的压力和道德上的宣传，结果只能是事与愿违。政府的绝大部分收入出自农民，而在海瑞出任巡抚的时候，大部分农民又都身受高利贷的压迫和威胁。政府缺乏资金，农民无法从政府机构获得低利率的贷款。当时民间的借贷机构是当铺，贷款利率之高自不待言；即便是亲戚邻右的贷款，也决不会温情脉脉地降低利率。既然如此，政府所规定的限制高利贷的条文就只能是一纸空文。

自洪武开国到海瑞出任巡抚，其间已历二百年。很多的变化已经在这二百年间发生。当年送达御前以备乙览的一万四千多家富户，已经为新的富户所代替。这些新兴的富户，绝大多数属于官僚、士绅或在学生员而得以享受"优免"，不再承担"役"的责任。政府中的吏员，也越来越多地获得了上下其手的机会。因为全国的现金和实物不是总收集发，财政制度无从以严密的会计制度加以考察，从罅隙中漏出来的钱物就落于这些人的手里。更为重要的是，文官集团已经成熟。洪武时代的八千官员，现在已经扩大为两万人。当年不准下乡的禁令早已废止，但事实上他们也极少再有下乡的需要，因为很多的人对民生疾苦早已视而不见，而是更多地关心于保持职位以取得合法与非法的收入。

然则像大地主徐阶那样无限地扩充家产，巧取豪夺，则不能不与文官集团的整体利益发生冲突。他的所作所为已经激起民愤，威胁了整个的官僚政治。无论出于阴还是出于阳，文官集团都不能允许他如是地独占利益，为所欲为。案情一经揭发公开，立即为全部舆论所不容，而使徐阶失去了防御的能力。文官们可以用皇帝和法律的名义加给他以种种罪名，使他无法置辩。他在海瑞罢官之后仍然遭到清算。他家里的全部土地最后据说落实为六万亩，全部被没收。他的一个大儿子远戍边省，两个小儿子降为庶民。如果不是张居正的援手，徐阶本人都会难于幸免。

然而对于农民的剥削，绝非限于这种突出的案件。剥削是一种社会现象，绵延数千载，代代相传，在当日则为文官集团家庭经济的基础。官僚家庭用做官的收入放债买田，为构成农村经济的一个重要环节。"君子之泽，五世而斩"，富家的没落和贫家的兴起，其间的盛衰迭代、消替流转乃是常见的现象。但这种个别成员之间的转变无碍于整个阶级的面貌，社会依然稳定地保持着剥削和被剥削这两个集团。海瑞的干预土地所有权，其伦理上的根据和法律上的是非姑且置之不论，只说他以个人的力量，只凭以不怕死的诤谏得来的声名作为资本，而要使整个社会机器停止转动，也就无怪乎不能避免"志大才疏"的评语了。

使这位好心的巡抚所更加无法理解的，则是农村的信用贷款不能合理解决的症结。我们的帝国缺乏有效的货币制度和商业法律。这两个问题不解决，高利贷就无法避免。

币制的问题肇始于两百年前。开国之初，洪武皇帝下令发行的大明宝钞，既不能兑现，也不能用以交纳田赋。其发行的方式也不是通过商业机构，而是通过发放官俸、赏赐官军和赈济灾民等方式流通于社会。而且，最根本的问题是在这种通行票据发放的时候，政府并没有任何准备金。如果这种发行货币的办法能够成功，那确乎是重新分配财富的最简便的办法了。然而事实上其中的奥妙在一开始就被识破，虽然政府严令禁止以金银物货交易，违者治以重罪，民间却置若罔闻。宝钞在最初就没有能按照面额使用，数十年后即等于废纸。

洪武即位以后，政府曾经铸造过洪武通宝铜钱。由于铜钱使用不便，洪武八年（1375年）乃发行宝钞作为法币。这一生财之道既经开辟，政府就不再愿意继续铸钱，以免和法币发生竞争。其后由于形格势禁，再度感到铸钱的必要，但许多问题又随之而产生。官方没有充分的现金收入，只能少量鼓铸，而所铸成的铜钱又有欠美观和整饬，其后果就只能为私铸大开方便之门。各种杂有铅锡、形制滥恶的劣质铜钱充斥于人民的经济生活之中，用者怨声载道，有些人就拒绝使用。这种情形造成了通货紧缩，致使商业萧条，失业者不断增加。面对这一严重的社会危机，政府不得不承认失败。于是无需鼓铸的碎银乃不可遏止地成为公私交易中通用的货币。

碎银通货君临于全国人民的经济生活之中，其"政绩"自然也不能完美无缺。首先，碎银没有足够数量的铜币作为辅助，零售业极受限制。其次，这种货币既非政府的财政机构所统一发行，主管当局就无法作必要的调节，以伸缩全国货币的流通量。更为普遍的情况乃是一般富裕的家庭如不放债买田，必将金银埋于地下，或是制成金银器皿首饰（*其方便之处，乃是随时可以复原为货币*）。可是这种趋势，必更促使通货紧缩，使农民借款更加不易。以上种种因素刺激了高利贷者的活跃，而追本溯源，却依然要归之于政府的无能。好心的巡抚想要用一时的政治力量去解决这些财政和经济政策上的问题，无疑是舍本逐末，其结果必然是事与愿违。

如果存在有效的商业法律，在信用贷款中还可以使用商业票据，以补足货币的流通量。但是本朝法律的重点在于对农民的治理，是以很少有涉及商业的条文。合资贸易、违背契约、负债、破产等等，都被看成私人之间的事情而与公众福利无关。立法精神既然如此，法律中对于这一方面的规定自然会出现很大的罅漏，因而不可避免地使商业不能得到应有的发展。

本朝的官僚政治把这种情形视为当然。因为立国以来的财政制度规定了财政收入由低级单位侧面收受为原则，无需乎商业机构来作技术上的辅助。地方官所关心的是他们的考成，而考成的主要标准乃是田赋之能否按时如额缴解、社会秩序之能否清平安定。扶植私人商业的发展，则照例不在他们的职责范围之内。何况商业的发展，如照资本主义的产权法，必须承认私人财产的绝对性。这绝对性超过传统的道德观念。就这一点，即与"四书"所倡导的宗旨相背。海瑞在判决疑案时所持的"与其屈兄，宁屈其弟"等等标准，也显示了他轻视私人财产的绝对性，而坚持维系伦理纲常的前提。

可是我们传统经济也另有它的特点。财产所有权的维护和遵守契约的义务，不能在大量商业中彻底维持，却最有效地体现于农村中的租佃及抵押上。这些契约所涉范围虽小，其不可违背已经成为社会习惯，农村中的士绅耆老就可以保证它们的执行，只有极少数的情况才需要惊动官府。因为如果不是这样，整个帝国的农村经济就无从维持。所以，海瑞无视于这些成约在经济生活中的权威意义，单凭一己的是非标准行事，如果不遭到传统势力的反对，那反倒是不可设想的事了。所以戴凤翔参劾他的奏疏中说，在海瑞的辖区内佃户不敢向业主交租，借方不敢向贷方还款，虽然是站在高利贷一方的片面之词，然而如果把这种现象说成一种必然的趋势，则也不失为一种合理的推断。而这种现象一旦发生并蔓延于全国，则势所必然地可以危及全帝国的安全。戴凤翔的危言耸听所以能取得预期的效果，原因即在于此。

在被迫退休之后，海瑞编印了他从政期间的记录，其中包括各种公私文件。流传到今天的这部文集，反映了海瑞确实是一个公正而廉洁的官员，具有把事情办好的强烈愿望，同时还能鞠躬尽瘁地去处理各种琐碎的问题。

使读者首先注意到的，是他处理财政问题的篇章。在洪武时代制定的赋役制度，流弊已如上述。其最为百姓所苦的，厥为名目繁多而数额无限的"役"。大户人家可由官僚的身份而蠲免，这些沉重的负担就不可避免地落在中小地主身上，并往往使他们倾家荡产。在推行了近二百年之后，帝国政府已深深感到窒碍难通而不得不加以改革。改革的办法是把各种名目的赋役折合成银两，以附加税的形式遍加于全境的土地上，不分贫富，计亩征银。这种新的税制称为"一条鞭法"。地方政府就用这些附加收入以支付各种力役。

一条鞭法有其简明易行的优点，也多少限制了花样百出的舞弊营私。但过去按田亩数量而以累进税方式而分派的各种赋役，此时以平均的方式摊派，本来属于富户的一部分负担从此即转嫁于贫家小户。这也就是放弃了理想上的公允，而迁就事实。出于对农民的同情，海瑞废除了自己应收的常例，并以种种方法限制吏胥的舞弊。但是这些改革，仍然收效甚微。因为本朝的财政制度虽然技术简陋，牵涉面却十分复杂，如果加以彻底改革，必须厘定会计制度，在中上级机构中，实行银行管制的方式，亦即无异于彻底改组文官集团，这当然是无法办到的。再则海瑞的着眼点也过于琐屑，他被政敌攻击为不识大体，也不尽是凿空构陷之辞。比如说，他的节约到了这种程度，除非吏员送上一张缮正的公文，他决不另发一张空白的文书纸。

　　海瑞文集中有关司法的部分，虽然易于被读者忽略，但它的历史价值却至为重要，因为它所阐述的这一庞大帝国的社会背景，较之任何论文都为简捷明白。从这些文件可以看出，地方官纵使具有好心，他也决没有可能对有关人权和产权的诉讼逐一做出公正的判决。因为在农村里，两兄弟隔年轮流使用一个养鱼池，或者水沟上一块用以过路的石板，都可以成为涉讼的内容。如此等等的细节，法律如果以保护人权和产权作为基础，则一次诉讼所需的详尽审查和参考成例，必致使用众多的人力和消耗大量的费用。这不仅为县令一人所不能胜任，也为收入有限的地方政府所不能负担。而立法和司法必须全国统一，又不能允许各个地方政府各行其是。既然如此，本朝的法律就不外是行政的一种工具，而不是被统治者的保障。作为行政长官而兼司法长官的地方官，其注意力也只是集中在使乡民安分守己，对于他们职责范围外没有多大影响的争端则拒不受理。这一类案件照例由族长村长或者耆老士绅调解仲裁。为了鼓励并加强这种仲裁的权力，我们帝国的圣经"四书"就为读书人所必须诵习，而其中亘古不变的观念又通过读书人而渗透于不识字的乡民之中，即幼者必须追随长者，女人必须服从男人，没有知识的人必须听命于有教养的人。帝国的政府以古代的理想社会作基础，而依赖文化的传统而生存。这也是洪武皇帝强调复古的原因。

为耆老士绅所不能解决而必须由官方处置的，绝大多数为刑事案件。判决这类案件，政府的态度常常坚定而明确。如果发生人命损失，则尤其不能有丝毫的玩忽，一定要求水落石出。"杀人者死"这一古老的立法原则在当时仍被沿用，过失杀人和谋杀之间区别极微。这种一方面认为人命关天，一方面又主张以眼还眼的原则自然具有相当大的原始性，但对于本朝的政治经济制度来说，其间的互相配合则极为恰当。这样的立法意在避免技术上的复杂，简化案情中的疑难，而在大众之中造成一种清官万能的印象，即在有识见的司法官之前，无不能决断的案件。换言之，这种设施也仍不离以道德代替法律的途径。其方便之处则是一个地方官虽然缺乏法律上的专门训练，但是在幕僚和吏员的协助下仍然可以应付裕如地兼任司法官。司法从属于行政，则政府的统治得以保持一元化而使文官集团的思想行动趋于一致。

这种制度的原始性和简单性，在大众之中造成了很多不幸的后果。官府衙门除了对刑事案件必须作出断然处置外，很少能注意到对日常生活中的种种纠纷维持公允。乡村中的士绅耆老，虽然被赋予了这方面的仲裁权，然而他们更关心的是自己的社会地位和社交活动，对这些琐碎乏味的纠纷大多缺乏热情和耐心。至于开发民智这一类概念，在他们心目中更不占有任何地位。在我们这个古老的礼仪之邦里，绝大多数的农民实际上早被列为顽民愚氓，不在文化教养之内，即使在模范官员海瑞的笔下，这些乡民也似乎只是一群动物，既浑浑噩噩，又狠毒狡诈，易于冲动。日常生活中为小事而发生口角已属司空见惯，打架斗殴以致死伤也时有发生。纠纷的一方有时还愤而自杀以倾陷仇家；即或由于病死，家属也总要千方百计归之于被殴打致死。海瑞在做县令的时候，有一次下乡验尸，发现村民竟以颜料涂在死者的身上来冒充血迹。这些残酷的做法，除了泄愤以外，还因为诉讼一旦获胜，死者的家属就可以取得一部分仇家的产业。

刑事案件需要作出断然处置，不论案情多么复杂，判决必须毫不含糊，否则地方官就将被视为无能。于是他们有时只能依靠情理上的推断来代替证据的不足，草菅人命的情形也不乏其例。下面是海瑞亲身经历的一件案子。

有夫妇二人在家中置酒招待一位因事过境的朋友并留他住宿。正好在这个时候，妻子的哥哥即丈夫的姻兄前来索取欠款白银三两。姻兄弟一言不合，遂由口角而致殴斗。姻兄在扭打之中不慎失手，把丈夫推入水塘淹死。人命关天，误杀也必须偿命，所以妻子和住宿的朋友都不敢声张，丈夫的尸体，则由姻兄加系巨石而沉入水底。

一个人突然失踪，当然会引起邻里的注意，事情就不可避免地被揭露。审案的县官以洞悉一切的姿态断定此案乃是因奸而致谋杀。死者的妻子与这位朋友必有奸情，不然，何以偏偏在这位随带仆从、远道而来的客人到达的那天，丈夫突然丧命？又何以兴高采烈地置酒相庆？理由既已如此充分，女人就被判凌迟处死，朋友作为奸夫理应斩决，姻兄参与密谋应被绞死。这件案子送交杭州府复审，审判官的结论中否定了奸情，认为确系殴斗致死，动手的人应按律处绞。本朝政府在法律技术上虽然远不能誉为精密周到，但在精神上却对这类人命案件颇为重视。按照规定，这一案件要由北京的都察院、大理寺作出复核。审判者细核府、县两级审讯记录，发现了根本上的出入，乃再度发交邻近三个县的县令会审。这三位县令维持初审的判决。当这一批人犯送抵本省巡按使的公堂，被判凌迟罪的女人当堂哭诉喊冤。于是案件又送到海瑞那里作第六次的讯问。

海瑞的结论和杭州府审判官的结论完全相同。他的理由是这位妻子和她的丈夫生有二子一女，决不会如此忍心。而这位朋友家境并非富有，并且早已娶妻，假令女人确系谋死亲夫而企图再嫁，也只能成为此人的一名小妾。所以从情理而论，谋杀的动机是不能成立的。再则，既属伤天害理的谋杀，参与密谋的人自然是越少越好，又何必牵扯上这位朋友所携带的仆从？

淳安县县令海瑞如何解释初审时的供词？答案是："皆是畏刑捏招，恍惚成狱，殊非情实。"

被迫退休回到原籍闲居，对海瑞来说，是一种难于忍受的痛苦。这位正直的官员，他毕生精神之所寄，在于按照往圣先贤的训示，以全部的精力为国尽忠和为公众服务。现在，他已经面临着事业的终点，就再也没有任何东西足以填补他心灵上的缺陷。

他的故乡在南海之滨，和大陆上一些人文荟萃的城市是两种截然不同的环境。在那些城市里，退职的官员可以寄情山水，以吟咏自娱，并且有诗人墨客时相过从。有的人可以出任书院的山长，以弘扬圣贤之道，造就下一代的人才来继续他的未竟之业。而在这天涯海角的琼州，没有小桥流水、荇藻游鱼的诗情画意，收入眼底的是单调一色的棕榈树和汹涌的海涛，吞噬人畜的鳄鱼是水中的霸主。海峡中时有海盗出没，五指山中的黎人则和汉人经常仇杀。

退隐在荒凉瘴疠之区，如果有一个美好的家庭生活，也许还多少能排遣这空虚和寂寞。然而海瑞没有能在这方面得到任何安慰。他曾经结过三次婚，又有两个小妾。他的第一位夫人在生了两个女儿以后因为和婆婆不和而被休。第二位夫人刚刚结婚一月，也由于同样的原因而逐出家门。第三位夫人则于1569年在极为可疑的情况下死去。第三位夫人和小妾一人先后生过三个儿子，但都不幸夭折。按照传统观念，不孝有三，无后为大，这是海瑞抱恨终天的憾事之一。

海瑞是忠臣，又是孝子。他三岁丧父，孀居的母亲忍受着极大的困难把他教养成人。她是他的抚养者，也是他的启蒙者。在海瑞没有投师就读以前，她就对他口授经书。所以，历史学家们认为海瑞的刚毅正直，其中就有着他母亲的影子。然而，同样为人所承认的是，海太夫人又是造成这个家庭中种种不幸事故的重要因素。当海瑞离开南直隶的时候，她已经度过了八十寿辰。而出人意料的是，海瑞的上司只是呈请皇帝给予她以四品夫人的头衔，而始终没有答应给她以另外一种应得的荣誉，即旌表为节妇。是不是因为她的个性过强，以致使他的儿子两次出妻？又是不是她需要对1569年的家庭悲剧承担责任？尽管今天已经缺乏实证的材料，但有足够的迹象可以推想，由于海太夫人而引起的家庭纠纷，不仅已经成为政敌所攻讦的口实，也已为时论所不满。海瑞可以极容易地从伦常纲纪中找出为他母亲和他自己辩护的根据，然而这些根据却不会丝毫增加他家庭中的和睦与愉快。

离职的巡抚已经走到了生命中退无可退的最后据点。他必须忘却别人加之于他的侮辱，克服自己的寂寞和悲伤。他失望，然而没有绝望。他从孔子的训示中深深懂得，一个有教养的人必须抱有任重道远的决心。老骥伏枥，志在千里，他虽然闲居在贫瘠的乡村，屋子里挂着的立轴上，却仍然是"忠孝"二字。这是儒家伦理道德的核心，在他从小读书的时候已经深深地印刻在他的灵魂里，至今仍然用它来警惕自己，务使自己晚节保持完美。他的政治生涯，已经充分表示了为人臣者尽忠之不易；而他的家庭经历，也恰恰说明了为人子者尽孝的艰难。但是除此以外，他没有别的道路可走。我们的先儒从来就把人类分成君子和小人，前者具有高尚的道德教养，后者则近似于禽兽。这种单纯的思想，固然可以造成许多个人生活中的悲剧，可是也使我们的传统文化增添了永久的光辉。从海瑞家族的这个姓氏来看，很可能带有北方少数民族的血统，然则这位孔孟的真实信徒，在今天却以身体力行的榜样，把儒家的伟大显扬于这南海的尽头！

安贫乐道是君子的特征。家境的困窘过去既没有损害海瑞的节操，今天也决不再会因之而改变他的人生观。他有祖传的四十亩土地足供糊口，在乡居期间，他也接受过他的崇敬者的馈赠。他把这些馈赠用来周济清寒的族人和刊印书籍，自己的家庭生活则保持一贯的俭朴。

散文作家海瑞的作品表明，他单纯的思想不是得之于天赋，而是来自经常的、艰苦的自我修养。既已受到灵感的启发，他就加重了自我的道德责任；而这种道德责任，又需要更多的灵感才能承担肩负。如果不是这样，他坚持不懈的读书著作就会变得毫无意义。

他的作品中再三地阐明这种道德上的责任。一个君子何以有志于做官，海瑞的回答是无非出于恻隐和义愤。他看到别人的饥寒疾苦而引起同情，同时也看到别人被损害欺压而产生不平。在君子的精神世界里，出仕做官仅仅是取得了为国家尽忠、为百姓办事的机会。一个人如果出于牟利，他可以选择别的职业，或为农，或为工，或为商。如果为士做官，则应当排除一切利己的动机。在这一点上，海瑞和创建本朝的洪武皇帝看法完全一致。

海瑞在 1585 年被重新起用。他不假思索地接受这一任命，无疑是一个不幸的选择。这一次，他就真的走到了生命的终点和事业的最低点。当时张居正已经死后被清算，朝廷中的人事发生了一次大幅度的调整。海瑞虽然不是当面反对张居正的人，却为张居正所不喜，因而得以在反张的风潮中东山复起。然而，这位模范官僚的政治主张在十五年前尚且窒碍难行，在这十五年后又如何能畅通无阻？文渊阁大学士申时行以他的明智和通达，自然不难理解这一点。所以他在致海瑞的书信中说到"维公祖久居山林，于圣朝为阙典"，就含蓄地表示了这次起用只是俯顺舆情，需要这位享有声誉的直臣作为朝廷的点缀。这个时候的海瑞已经七十二岁，虽说锐气并没有消减，但多年的阅历却使他不再像当年那样乐观。当嘉靖年间他犯颜直谏的时候，曾经充满信心地鼓励皇帝，说朝政的革新，不过是"一振作间而已"。而现在，在他离开家乡以前，他给朋友的信上却忧心忡忡地说："汉魏桓谓宫女千数，其可损乎？厩马万匹，其可减乎？"借古喻今，明显地影射当今的万历皇帝喜欢女色和驰射，而且对皇帝的是否能够改过毫无信心。

在起复之初，他的职务是南京右佥都御史，不久升任南京吏部右侍郎。自从永乐皇帝迁都北京以后，这个名义上称为陪都的南京，除了正德皇帝一度在此驻跸以外，从来没有举行过全国性的大典。这里的各种中央机构，实际上等于官员俱乐部。他们的官俸微薄，公务又十分清闲，于是就殚思竭虑地设法增加额外收入。最常见的方法是利用职权，向市井商人勒索，其公行无忌有如抢劫。这种种触目惊心的情形，使稍有良心的官员无不为之忧虑。

海瑞在1586年升任南京右都御史。在命令发布之前，他已经向万历提出了一个惹是生非的条陈。他提议，要杜绝官吏的贪污，除了采用重典以外别无他途。条陈中提到太祖皇帝当年的严刑峻法，凡贪赃在八十贯以上的官员都要处以剥皮实草的极刑。这一大干众怒的提议在文官中造成了一阵震动。谁知一波未平，一波又起。有一位御史在家里招了一班伶人排戏，海瑞得悉此事，就宣称按照洪武的祖制，这位御史理应受到杖责。其实这类事情在南京已属司空见惯，海瑞却以为有坏风俗人心而加以反对，结果只能被大众看成胶柱鼓瑟，不合乎时代的潮流。

海瑞的再度出山以及一如既往的言行，对当时的南京地区来说，有如一块巨石投进了一池死水。对他的批评和赞扬同时出现。不久，就有一位巡按南直隶的监察御史上疏参劾右都御史海瑞。下级监察官参劾上级监察官，虽不能说背于法制，毕竟是有逾常情。即此一端，就不难窥见反对者的愤慨。这位御史的奏疏一开始就对海瑞作了全盘否定："莅官无一善状，惟务诈诞，矜己夸人，一言一论无不为士论所笑。"接着就采用莫须有的老办法，说海瑞以圣人自诩，奚落孔孟，蔑视天子。最后又用海瑞自己的话来说明他既骄且伪，说他被召复官，居然丝毫不作礼貌上的辞让，反而强调说他还要变卖产业，才能置备朝服官带。这位御史负有视察官学的职责，他在奏疏中说，如果学校中任何生员敢于按照海瑞的方式为人处事，他将立即停发此人的禀膳并加责打。

这种接近人身攻击的批评，立刻遭到无数青年学生和下级官僚的激烈反对。拥护者和反对者互相争辩，几乎一发而不可收。万历皇帝于是亲自作出结论："海瑞屡经荐举，故特旨简用。近日条陈重刑之说，有乖政体，且指切朕躬，词多迂戆，朕已优容。"主管人事的吏部，对这一场争论也提出了自己的意见，说海瑞节操可风，只是近日关于剥皮实草的主张过于偏执，"不协于公论"，所以不宜让他出任要职，但可以继续保留都御史的职位。皇帝的朱批同意吏部的建议："虽当局任事，恐非所长，而用以镇雅俗、励颓风，未为无补，合令本官照旧供职。"

这些文件由给事中官署抄录公布，就等于政府公开承认了自己的本身矛盾。为什么可以镇雅俗、励颓风的节操偏偏成为当局任事的障碍？可见我们帝国的政治措施至此已和立法精神脱节，道德伦理是道德伦理，做事时则另有妙法。再要在阴阳之间找出一个折中之点而为公众所接受，也就越来越困难了。

海瑞虽然被挽留供职，然而这些公开发表的文件却把他所能发挥的全部影响一扫而光。一位堂堂的台谏之臣被皇帝称为"迂戆"，只是由于圣度包容而未被去职，那他纵有真知灼见，他说的话哪里还能算数？由失望而终于绝望，都御史海瑞提出了七次辞呈，但每次都为御批所请不准。这一使各方面感到为难的纠结最终在上天的安排下得到解脱。接近1587年年底亦即万历十五年丁亥的岁暮，海瑞的死讯传出，无疑使北京负责人事的官员大大地松了一口气，因为他们再也用不着去为这位大众心目中的英雄——到处惹是生非的人物去操心作安排了。

容闳：中国现代知识分子"第一人"

雷　颐

他的出现，是中国全球化的最初体现，意味着古老的中华文明将遇到一种新的文明的挑战、碰撞，并渐渐与之融合。全球化背景下的古老中国，最重要的时代课题就是"现代化"，容闳是中国现代化当之无愧的先驱人物和重要推动者。

一部风起云涌的中国近代史，几乎就是一幕幕你死我活的民族、阶级间的生死大搏斗，刀光剑影，险象环生。在这充满血与火的历史舞台上，无论"进步"还是"反动"，肯定还是否定，赞扬还是批判，人们的目光自然容易长期"聚焦"于林则徐、洪秀全、杨秀清、曾国藩、左宗棠、李鸿章、张之洞、康有为、梁启超、谭嗣同、慈禧、袁世凯、孙中山、黄兴……这些叱咤风云的人物。不过，他们都是某一历史阶段的"主角"，而未能参与近代史的"全程"。而远非风云人物的容闳，却是唯一"全程"参与近代史的幸运者。容闳被称为中国近代"留学之父"或"新式教育"的催生者，其实，他的贡献远不止于教育领域。而他的一生，不仅像镜子一样映照了近代中国的历史走向，且有迥异他人的独特意义。

启蒙先驱

1828年（清道光八年）深秋，容闳（原名光照，号纯甫）出生在广东香山县一户贫困农家。此时，原属香山县的小岛澳门已被葡萄牙殖民者占租近三百年。中国历有边患，对一个远离中原、荒芜不堪的弹丸小岛被"红毛夷"占租，长期以来并不以为意。然而，自十五世纪地理大发现之后，全球化的过程已经开始，澳门的被租占其实是"全球化"序曲中的小小一节。这种背景，与传统边患完全不同，其意义迟早将在历史的进程中表现出来。因此，在华夏文化版图中长期处于"边陲"的岭南地区，必将一跃而得全球化的"风气之先"，成为引领近代中国的先进之区。当时尚属偏僻之地的贫穷农家之子容闳，因缘际会，成为历史新潮中"向涛头立"的弄潮儿。

明中期后，西方的自然科学已经超过中国，来华传教的西方传教士将西方先进的自然科学知识介绍到中国，作为传教策略。从清初直到康熙朝中前期，传教士仍可在中国传教。因与教会的矛盾冲突，从康熙朝后期直到鸦片战争前，清朝一直实行禁教政策。但是，西方传教士一直没有停止悄悄在中国沿海传教的活动，并为贫穷人家兴办一些医院和学校，以吸引人入教。葡占澳门，自然成为传教的大本营。

幼小的容闳白天帮家里做力所能及的农活、游戏、捞鱼捉蟹，晚上在油灯下听在私塾读书的哥哥诵读《论语》《孟子》《中庸》和唐诗宋词。容闳七岁时，容闳之父把他送到澳门一所教会学校上学。之所以将小儿子容闳小小年纪就送到外国教会学校上学，容父有一个贫苦、普通农民最简单最实际的想法。他供养大儿子读传统的私塾，想让他走中国传统科举功名之路，通过科举当官。但他家贫穷，只能供养一个孩子读书，无力负担小儿子容闳读私塾。而外国教会学校免除学费杂费，还免费提供食宿，正好可将容闳送去读书。另外，他曾看到邻居就有人因懂得一些"红毛夷"的"番话"而发财，给他以启发，大儿子走读书做官的路，小儿子走读书发财的路。这些都说明，与澳门紧邻的广东香山地区的穷苦民众极早破除了"华夷之辨"、"华夏中心"等传统偏见，接受外来文明已无心理或文化障碍。

在教会学校，容闳学习英语和近代自然科学课程，又兼听中文教师讲授四书五经。不久，这所学校停办，容闳回家务农。1840年，容闳的父亲病逝，家中更加贫困，容闳有时做农活，有时挑担沿街叫卖。这年秋天，经人介绍，容闳再到澳门，在一家天主教办的印刷厂当童工，11月进入教会办的马礼逊学校读书。自从香港被割让给英国后，西方传教士和有关机构纷纷由澳门迁往香港，容闳也随马礼逊学校由澳门到香港。马礼逊学校的校长是毕业于耶鲁大学的美国人勃朗牧师，这所学校开设中西课程，实行中英文双语教育，中文教育仍以四书五经为主。经过几年的教会学校教育，他对西方历史、地理、文化有了初步的了解，知道拿破仑的伟业、纽约的繁华，曾写过一篇题为"溯哈德孙河遨游纽约之意想"的作文，描述了自己对大都市纽约摩天大楼林立繁华盛状的"意想"。这些都表明一种"世界"的知识、观念，正在华夏文化"边陲"的"草根"中一点点传播。而当时绝大多数国人，对此都一无所知。如果说林则徐、魏源是近代中国"精英"开始"睁眼看世界"的代表，那么容闳等几个乡间穷小子，则是"草根"开始"睁眼看世界"的代表。林、魏的"看世界"是"自觉的"，而容闳的"看世界"则是"自然的"。

1846年底，勃朗校长夫妇因病准备返美，临行前表示愿意带三五名学生一同赴美留学，容闳第一个表示愿去，随后又有二人表示愿意去。由于容闳三人都是穷人家的孩子，勃朗设法为他们解决了路费、学费等留学的所有费用，而且还给他们每人的父母筹到了一笔赡养费。这些，都使容闳十分感动。在容闳的青年时代，勃朗对容闳最为关心，处处提携，对他的帮助最大，影响也最大。勃朗一生从事教育事业，以改革旧教育、提倡新式教育为己任。他提倡教育民主、平等、自由的观点，成为容闳教育观的基础。后来容闳对太平天国提出的"七策"中关于教育制度的系统蓝图，就源于勃朗的《致富新书》中有关论述。容闳长期提倡的学生德智体全面发展的教育宗旨，也是勃朗关于各科教育协调发展的办学方针的延伸。

1847 年 1 月 4 日，容闳与其他两位同学一起跟随勃朗校长从广州黄埔港乘船赴美。经过埋葬拿破仑于此的圣赫勒拿岛时，船只短暂停留，补充给养，容闳一行也上岸一游。他们来到拿破仑墓地，见墓前有株大柳树在风中摇曳，于是各人折下一枝青柳，带到美国栽植。4 月 12 日，他们到达纽约，容闳没想到纽约的繁华竟超过了自己几年前的"意想"，而几年前"游纽约"的幻想竟成为事实，更使他感到只要努力，幻想也有可能变成事实，促使他此后做事更加坚韧。

稍事休息，他们便从纽约再往马萨诸塞州，入孟松学校。在孟松学校校长哈蒙德的教诲、影响下，容闳阅读了大量文学著作，如狄更斯、司各特和莎士比亚的作品，他尤其爱读《爱丁堡评论》杂志。在十八世纪早中期的英国，一些著名学者如历史学家爱德华·吉本、思想家边沁、哲学家哈奇森和休谟、经济学家亚当·斯密、文学家司各特、社会学的鼻祖弗格森等人，活跃在苏格兰地区，以爱丁堡为中心，形成了一个思想派别，被称为"苏格兰启蒙学派"。历史学家伯克虽然来自爱尔兰，但由于长期生活在苏格兰，也常被归入这个学派。十八世纪的苏格兰实际上成了当时英国文化繁荣的代表，苏格兰的文化中心爱丁堡被称作"大不列颠的雅典"。苏格兰启蒙学派具有强烈的经验主义和反唯理论特点，重视个人知识在形成人类秩序中的作用，注重常识，强调社会演化的重要性，主张经济放任主义。容闳爱读的《爱丁堡评论》杂志，则是苏格兰启蒙学派的重要阵地。他们还从新知识和启蒙思想的角度抨击过牛津和剑桥大学教育的腐朽衰败，表达了他们对大学教育的失望。后来容闳对中国传统教育的批判和改造，对中国社会改革的观点，也可看到这份杂志的影响，可以看到苏格兰启蒙潜移默化的间接影响。

容闳无疑是最早接触、接受近代启蒙思想的中国人。虽然他的了解、接受是零星的、破碎的、间接的、感性的，并因过于"超前"而影响不大，但其象征意义却不容低估，预示着近代启蒙思潮即将激荡古老的中华帝国。君不见，"启蒙"在近代中国虽然屡遭挫顿，甚至"夭折"，但又屡屡重生。而从二十世纪九十年代中期起，"苏格兰启蒙运动"终于开始引起国内思想界、学术界的重视。时距容闳接触苏格兰启蒙运动，已整整一个半世纪过去。作为具体的个人，容闳的经历纯属偶然；但作为"符号"出现的"容闳"，却是全球化中国进程中的必然。

崇洋不媚外

从孟松学校毕业后，容闳于 1850 年考入耶鲁大学，但学费他根本负担不起，这时有关教会愿意为他提供资助，但条件是毕业后要当传教士回到中国传教。虽然容闳在这一年正式成为基督教徒，但他拒绝了教会的资助。他表示，我虽贫穷，但生性自由，毕业后无论选择何种职业，只要选择对中国最有益的工作。正在困难之时，勃朗先生帮助他找到了一个妇女会提供资助，使他最终头戴瓜皮帽、身穿长袍、拖着长辫子顺利走入耶鲁大学。在大学的几年中，他学习刻苦，文科成绩优秀，不过数学不好。他还利用课余时间半工半读，管理图书，担任二、三年级同学司膳，供应饭菜。他还参加了足球队和划船队，是划船队的主力之一。这些，使他赢得了同学的尊敬，也使他对美国社会了解更深。虽然他在美国的大学生活如鱼得水，但他仍时时想起祖国，他说："予当修业期内，中国之腐败情形，时触予怀，迫末年而尤甚。每一念及，辄为之怏怏不乐，转愿不受此良教育之为愈。""更念中国国民，身受无限痛苦，无限压制。"他亲眼看到了西方的富强，更感到中国的落后，但更使他忧心不已的是当时中国人对外部世界仍然茫无所知，仍认为中国是天下中心。所以，他在大学快毕业时就下决心："予意以为予之一身，既受此文明之教育，则当使后予之人，亦享此同等之利益。以西方之学术，灌输于中国，使中国日趋于文明富强之境。予后来之事业，盖皆以此为标准，专心致志以为之。"事实证明，从他1854年回国到1872年办成留学之事，历经十八年，他一直为此目标努力奋斗，忠贞不渝。1854年，容闳以优异的成绩从耶鲁大学毕业，获文学学士学位，于这年秋天自纽约乘船踏上归程，决心用自己学到的新知识改造离别了八年的祖国。

他为报国而回，但尴尬地发现自己对汉语已十分陌生，于1855年在广州补习了半年汉语。就在这期间，他看到两广总督叶名琛残酷镇压农民起义军，屠杀上万人，尸横遍野，愤怒异常，从而认为农民的造反有一定道理，对太平天国有一定好感。

当年只有"科举"才能进入体制内，他是美国名校毕业的"海龟"却"无人识"，于是只能通过关系给在广州的美国代理公使伯驾当秘书，薪水不高，且为国人看不起，但他想通过伯驾结识中国官员，向他们提出派中国学生出国留洋的建议。然而他根本没有机会结识中国官员，于是在三个月后辞职，来到香港，在香港高等审判厅当翻译。他勤奋钻研法律，没想到却遭到了香港英国律师的联合反对，他们认为容闳是中国人，会中文又精通英文，会抢了他们的饭碗。容闳于是愤而离开香港，来到上海，在英国人掌管的上海海关处任翻译。海关工作轻松，薪水极高，他曾问总税务司英国人李泰国，自己今后有升为总税务司的机会没有，李泰国明确告诉他中国人绝无此希望。容闳感到这是对华人的侮辱和歧视，于是决定辞职。李泰国认为容闳的真实意图是嫌薪水太低，只是想以此提高薪水而已，于是把容的薪水迅速提高到白银二百两，以挽留容闳。但容闳志不在此，坚决辞职，离开了收入丰厚的海关。他的亲朋戚友都不理解他为何放弃报酬如此优厚的工作，不知道他究竟想找什么工作，觉得他是个怪人。他写道："第念吾人竟存于世界，必有一定之希望，方能造成真实之事业。予之生于斯世，既非为哺啜而来，予之受此教育，尤非易易；则含辛茹苦所得者，又安能不望其实行于中国耶？一旦遇有机会，能多用我一分学问，即多获一分效果，此岂为一人利益计，抑欲谋全中国之幸福也！予于所事，屡次中辍，岂好为变迁哉？"

从海关辞职后，容闳找到一家专收中国丝茶的英商公司工作，当起了"买办"。买办收入颇丰，但非他所愿，他一心想的仍是如何引进西方近代教育制度，进而改造中国。不过，容闳虽然推崇西方的近代各种制度，却毫无"媚外"之态，他曾两次与欺辱他的洋人较量，在上海滩一时传为美谈。

一天晚上，容闳与仆人从基督堂祈祷归来，碰到一群醉酒的洋人东倒西歪、手舞足蹈、狂呼乱叫迎面而来，路人避之唯恐不及。为容闳提灯笼的仆人也畏缩不前，不知如何是好。容闳要他不用害怕，一直向前。没想到，其中一个人想夺走容闳仆人的灯笼，还有一个人甚至想踢容闳，由于酒醉，站立不稳，并没有踢到容闳。容闳认为他们酒醉，便不与他们计较，仍旧往前走。但是，突然他发现其中有几个人并没有喝醉，反而在后笑看他们胡闹，欺负中国人。容闳顿时大怒，走向前去，要他们告诉自己想抢仆人灯笼和想踢自己的那两个人的姓名。凑巧的是，其中一个人正是容闳1854年回国时所乘"尤里克"号的大副。容闳与尤里克号的船长认识，而且此船此时正由他所在的商行管理。第二天早晨，他就给尤里克号的船长写信抗议，并要船长将此信转给那位大副。船长收到信后，对大副的行为非常气愤，怒气冲冲把信交给大副。大副立即上岸，来到容闳住处，向容闳道歉。

另一次是容闳参加一次拍卖会，他身后站着一个身材高大健壮的苏格兰人，没想到此人却把棉花搓成一串小球，系在容闳的辫子上，以此取乐。容闳发现后，压抑住自己的愤怒，和颜悦色地要他把棉花球解下来，但这个苏格兰壮汉却流露出蔑视和嘲笑的神情。面对侮辱，容闳正言厉色再次要他摘下棉花球。没想到这个苏格兰壮汉反而趁容闳不备，一拳打到他的脸上。容闳怒不可遏，虽然比他矮小许多，却用最大力气给他脸上也回敬一拳，这一拳端的是厉害，打得这个壮汉鼻口流血不止，两人厮打起来。被人拉开后，这个苏格兰壮汉感到大失颜面，立即挤进人群。后来，一个朋友告诉他，当时英国驻上海领事恰在现场，说这个中国少年血气太盛了点。如果他不报复的话，可以到领事法庭控告他遭到这个苏格兰人欺辱。现在既然他已报复，痛打了别人一番，并且当众让这个苏格兰人大丢其脸，就无控告此人的优势了。那个苏格兰壮汉事发后一个星期都不好意思在公众场合露脸，说是为了养伤，实际是因为在众人面前被一个身材矮小的中国人打败，在租界引起相当大的轰动，一时间成为租界内外国人的谈资。而在中国人中间，一时传为佳话，容闳因此备受敬重。事后，容闳说道："盖自外人辟租界于上海以来，侵夺我治外法权。凡寄居租界之中国人，处外人势力范围之内，受彼族凌侮，时有所闻。然从未有一人敢与抵抗，能以赤手空拳，自卫其权利者。"之所以会是这样，是因为中国人的温良和逆来顺受的性情，能容忍种种人身侮辱和冒犯，既不怨恨也不抗争。这种情况，恰恰养成了一些无知的外国人的骄横心态，助长了他们不能平等对待中国人的横蛮嚣张气焰。然而，他认为以后中国教育普及，人人都理解公权、私权之意义，"尔时无论何人，有敢侵害其权利者，必有胆力起而自卫矣"。中国人懂得维护和捍卫自己权利的这一天很快就会到来。那时，中国人不再忍受任何形式的侵犯权利的行径，也更加不能容忍外国的侵略和扩张。但他强调："国人夜郎自大，顽固成性，致有今日受人侮辱之结果。"

从"太平"到"洋务"

在上海，容闳的社交面逐渐扩大，与《几何原本》的翻译者、著名数学家李善兰，较早翻译西方数学、物理学著作的华蘅芳，化学家徐寿等名流，成为朋友。这些人是中国当时绝无仅有的几个了解西方近代科学的人物，不久曾国藩办洋务都入曾国藩幕。

不过，容闳的目光，最先却是投向太平天国，把近代化改造中国的希望寄托在太平天国身上。之所以首先对太平天国寄以希望，一是洪秀全族弟洪仁玕1859年自香港到达天京（即南京），受到洪秀全重用，被封为干王。容闳在香港时就与洪仁玕相识，知道他思想开明，因此认为他有可能支持自己改造中国的构想。另外，容闳痛恨清政府的残暴、腐败，对太平军本就一直好奇，抱有好感。所以他在1860年与两位外国传教士一起冒险前往天京考察，他承认此行的目的，就是要弄清楚太平军的性质，察看他们是否适合建立一个新政府，以取代清王朝。

经过一番周折，容闳一行于11月18日到达天京，第二天就见到了干王。老友见面，分外高兴，畅谈甚欢，性急的容闳立即和盘托出自己的七点建国之策：第一，按照科学原则组建军队；第二，创办陆军军官学校，培养有学识、有才干的军官；第三，创办海军学校，建设海军；第四，组织良善文官政府，聘用有才智有经验的人担任各行政部门的顾问；第五，创立现代银行、金融制度，厘定度量衡标准；第六，为国民建立各级学校教育体系，把《圣经》列为主课之一；第七，建立各种实业学校。这七条建议涉及政治、经济、军事、教育、文化等重要方面，是他改革旧制度、建立使中国社会近代化的资本主义制度的理想蓝图。当时看来像是天方夜谭，其实反映了历史的趋势。两天后，洪仁玕又主动要和他见面，肯定了容闳所提出七点建议的优点和重要性，但最后却说，他完全懂得这些建议的意义，不过只有他一人理解，得不到其他人的支持，所以无法实施。而且，其他诸王或将领都在外打仗，如此重大的事情要等他们打完仗回来后才能决定。这番话其实婉转告诉容闳，现在根本无法实行这些设想。容闳大失所望。

没想到几天后，洪仁玕派人送给容闳一个小包裹，容闳打开一看，非常惊奇地发现里面是一方小印，长四英寸，宽一英寸，上面刻着他的名字和"义"字头衔。还有黄缎一幅，上面写明"义"的官爵，并盖有干王的官印。太平天国"王"下设六等爵位，即义、安、福、燕、豫、侯，"义"是仅次于"王"的爵位。按照太平天国的官秩爵序，属于第四等高阶。由此可见洪仁玕对他的重视。但容闳经过一个多月的观察，深感太平天国不能实现他的理想。根据他对太平军领袖行为和品行及施行政策的判断，对于他们最后能否成功，大表怀疑，并认为太平天国既不能完成改革中国大业，也根本无法使中国复兴。第二天，他来到干王府，对干王如此器重自己、授予自己如此显贵的身份，深表感谢，但将委任状和官印当面还给洪仁玕，谢绝了洪仁玕的好意，同时告诉干王，无论何时，只要太平军领袖们决定实施他所提建议，或仅实施其中一项，只要需要，自己将尽力而为。最后，他失望地离开了天京。

虽然对太平天国相当不满和失望，但他却并不完全否定太平天国："予意当时即无洪秀全，中国亦必不能免于革命。""恶根实种于满洲政府之政治，最大之真因为行政机关之腐败，政以贿成。上下官吏，即无人不中贿赂之毒。""于是所谓政府者，乃完全成一极大之欺诈机关矣。"政府之政治严重的腐败黑暗是农民造反的根本原因，确是真知灼见。

天京之行，本想借太平天国来实行自己的教育计划和政治改革计划，结果完全落空。面对现实，容闳找不到一个可以施行自己抱负的政治力量，"于是不得不变计，欲从贸易入手，以为有极巨资财，则借雄厚财力"有可能靠自己的力量实现自己的理想。敢于冒险的容闳在无人敢去的太平军与清军"拉锯区"低价收茶，到上

亨利·马蒂斯 （Henri Matisse 1869—1954）

　　二十世纪最伟大的善于运用色彩的画家，野兽派的代表人物。毕生追求纯洁明朗的艺术创作，他每次在经历过人生的起伏波折后，作品的色彩就变得更加鲜艳、更加透明。马蒂斯的油画作品里隐藏着画家禁锢、苦闷，极欲实践自我的内心世界。

Les bêtes de la mer...
H. matisse 50

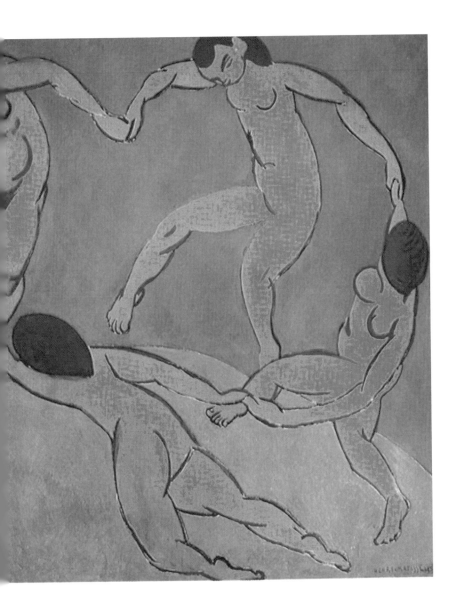

海、九江等地高价卖出，好几次有惊无险，但获得颇丰。不过，他马上发现中国并非"工商立国"，商人根本不可能影响国家的大政方针，想靠自己经商致富改造中国完全是幻想。幻灭之后，容闳感到报国无门，不知路在何方，陷入深深的沮丧、彷徨之中。正在苦闷之时，1863年春他在九江收到的一封来信改变了他的命运，也将在某种程度改变近代中国的命运。

此信从安徽安庆寄来，写信者是容闳1857年在上海结识的张斯桂，此时已是曾国藩的幕僚。他在信上说，自己承总督曾国藩之命邀请容闳到安庆，因为曾国藩听说了容闳的情况后，甚想和他一见。读完信后，容闳顿时疑窦丛生，自己与张在上海只是点头之交，以后各居一地，不通音信，几年来毫无往来，此时突然来信要自己到安庆去见曾国藩，其真实目的究竟为何？自己根本不认识曾国藩，曾国藩也完全不知道自己，为什么要邀请自己到安庆去见他？会不会是因为自己几年前曾到过太平天国的天京，见过干王，献过七策，他要抓捕自己？会不会是自己来往于太平天国占领地区贩运茶叶，曾国藩怀疑自己是太平军的奸细？总之，很可能是曾国藩为了抓捕自己设计故意用甜言蜜语诱使自己上钩，人心叵测，不能不防。思来想去，容闳决定还是小心谨慎为妙，于是给张回信，表示自己此时忙于生意，没有时间去安庆，婉转谢绝了曾国藩的邀请。不久，容闳又收到了张斯桂的第二封邀请信，内附他在上海认识的好朋友李善兰的一封信。李精通数学和天文学，学问人品素为容闳佩服。他们信中介绍了曾国藩想办近代工厂的想法，并介绍说他的两个好朋友、专门研究机器的华蘅芳、徐寿也在曾国藩幕，曾国藩想要容闳为自己创设机器厂出力。容闳仔细琢磨来信，感到他们说的是实情，便复信表示同意，等自己茶叶生意忙过之后立即赶赴安庆。一个月后，容闳又分别收到张斯桂和李善兰的信，说曾国藩急欲尽早见到容闳，盼他能尽快弃商从政、来到自己幕下。在短短的三四个月内，曾国藩令张、李二人分别发五封信邀容赴安庆，次次紧催，足见曾国藩对人才的重视和知人善任。

曾国藩礼贤下士的"三请"之举，容闳大为感动，并且感到实现自己平生抱负的机会可能来临，于是在9月的一天从九江乘船顺流而下，直达安庆。到达安庆来到曾国藩幕后，张斯桂、李善兰、华蘅芳、徐寿等人都热情欢迎他。第二天，容闳即应召前往总督府拜谒曾国藩。

曾国藩以会"相面"著称，见面后仔细打量容闳，先紧盯容的脸盘，后紧盯容的双眼。曾国藩详细问了容闳基本情况后，问他是否愿意就任军官职务。容闳回答说自己很愿意就任这个职务，但自己没有研究过兵书，胸无韬略，不熟悉军旅之事。而曾国藩却肯定地说："予观汝貌，绝为良好将材。以汝目光威棱，望而知为有胆识之人，必能发号施令，以驾驭军旅。"容闳谦逊地说："总督奖誉逾恒，良用惭悚。予于从军之事，胆或有之，独惜无军事上之学识及经验，恐不能副总督之期许耳。"容闳的诚实，令曾国藩非常满意。曾国藩曾对他人说容是一个诚实人。"如果我召见一百个人，问他们这个问题，将有九十九人马上答说'能'，只是为了得到一个位置，不管能不能胜任。但是这个人对自己的才能有正确的估价，并且在商谈时有一定分量的谦虚。"

原来，曾国藩想设立机器厂制造外国最先进的来复枪，召他入幕，主要是要他创办机器造枪厂。对此计划，容闳很是高兴，中国终于有执掌大权之人认识到办近代化机器工厂的重要，但对此计划他并不完全赞同。容闳认为曾国藩并不了解机器生产情况，中国现在最缺的不是生产具体武器的工厂，而是生产制造武器的机器的工厂，即"制器之器"。容闳向曾国藩等人解说道："中国今日欲建设机器厂，必以先立普通基础为主，不宜专以供特别之应用。所谓立普通基础者无他，即由此厂可造出种种分厂，更由分厂以专造各种特别之机械。简言之，即此厂当有制造机器之机器，以立一切制造厂之基础也。例如今有一厂，厂中有各式之车床、锥、锉等物；由此车床、锥、锉，可造出各种根本机器；由此根本机器，即可用以制造枪炮、农具、钟表及其他种种有机械之物。以中国幅员如是之大，必须有多数各种之机器厂，乃克敷用。而欲立各种之机器厂，必先有一良好之总厂以为母厂，然后乃可发生多数之子厂。既有多数子厂，乃复并而为一，通力合作。以中国原料之廉，人工之贱，将来自造之机器，必较购之欧美者价廉多矣，是即予个人之鄙见也。"

曾国藩从善如流，对首先应办"机器母厂"的建议大表赞成，立即要他负责筹办此厂，到美国置办机器。一个星期后，曾国藩给容闳下了委任状，授予五品军功衔头，并请赐戴蓝翎，正式任命他为出洋委员。此衔头只在国家用兵时封赠从军有功之人，为文职所无，文职赏戴花翎，必由皇帝赐予，由此可见曾国藩对他特别器重，通过皇帝赐给他特殊的官阶和待遇。受曾氏之托，容闳于12月初离开上海，前往美国，购买新式机器。容闳所买机器建造的工厂，就是现在的江南造船厂的前身。

洋务运动是以单纯生产军工产品发端的，而容闳从一开始就指出建立机器厂不能光生产军工产品，更重要的是以后可以生产农具、钟表及其他各种民用机械。他知道，中国的落后不仅在于武器，或者说主要并不是在于武器，而在于整个经济体系落后，没有基础性工业，国家就不能真正富强。他的超前认识影响了曾国藩，使曾氏从仅想创设制造来复枪的工厂改为建造机器制造厂，中国近代工业化因此有一个较高的起点。

而且，一个半世纪后，历史终于应验了容闳的预言，中国确以"原料之廉，人工之贱"，成为"世界工厂"。

艰难开辟留学之路

在美国留学毕业前夕，容闳就认定以派遣留学生为先导建立新式教育体制，是救国强国最重要的途径。回国之后，他一直想方设法，却屡屡碰壁，一筹莫展。得到曾国藩重用后，他感到此事可成，但要等待时机，因为自己与曾毕竟不熟，而且当时国人对新式教育尤其是出洋留学完全没有概念，若操之过急，很可能欲速不达。

他在美国订制的机器8月顺利运到上海，完好无缺。容闳也在9月回到上海。这批机器成为江南制造总局里最新式、最重要的母机，是中国工业化起步的重要标志。对容的工作，曾国藩大加赞扬，不久即保奏容闳为五品实官，被封为江苏省候补同知，在江苏省衙署任通事译员，官阶五品。在江苏省衙任通事译员期间，容闳结识了另一重要的洋务官员丁日昌，丁当时为苏淞太道。两年后，丁日昌升为江苏巡抚，这时他对容闳的思想、见识非常了解、佩服。丁与在中央掌大权的满族大臣文祥熟悉，所以鼓励容闳将自己的治国方略写个条陈，由他转给文祥。听到这个消息，容闳兴奋犹如电击，跳了起来。他立即提了四点建议：第一，组织轮船股份公司，不准外国人入股；第二，政府派优异青年到外国留学；第三，政府开采矿产以尽地利；第四，严厉禁止教会干涉人民词讼，以防外国干涉中国主权。这四条建议，容闳最看重的其实是第二条，即派青年学生到外国留学，但他知道实行这一条困难最大，一年前"同文馆"要学数理化引起的激烈争论、反对余波未息，派学生出洋更加难以想象，所以将其列为"第二"；并且，此条对留学的目的、人数、方法、管理、经费等一系列问题都详加论述，切实可行。然而，条陈交上，并无下文，容闳深感失望。

失望但不灰心，容闳只要见到丁日昌仍叮嘱他不要忘记自己的"留学教育计划"，恳请他向曾国藩提及此事，甚至请他直接向皇上奏请。丁日昌毕竟更了解官场成规，劝容闳不要操之过急，耐心等待。1870年"天津教案"发生，曾国藩、丁日昌受命处理此事，急调容闳到天津担任翻译。容闳认为这是与曾密切接触的良机，可乘机向他提出自己的主张，于是急忙赴津。天津教案处理基本结束时，容闳再次向丁日昌详述了自己的计划，要他向曾国藩进言。第二天，丁日昌就向曾国藩大力推荐容闳的留学计划，终于获得曾氏的首肯，表示愿向朝廷奏请。容闳得此喜讯已是深夜，已经上床，睡意顿消，他后来回忆当时的情景："予闻此消息，乃喜而不寐，竟夜开眼如夜鹰，觉此身飘飘然如凌云步虚，忘其为僵卧床第间。"历尽艰辛、为之奋斗了十几年的理想终于快要实现，他确不能不如此兴奋；而且他坚信，如果他的教育计划能够实行，"借西方文明之学术以改良东方之文化，必可使此老大帝国，一变而为少年新中国"。

曾国藩知道此事重大，自己一人的威望仍嫌不足，于是立即联合李鸿章等人联名上奏，1870 年冬得到清廷批准；1871 年 8 月、1872 年 2 月，曾、李又联名上奏，一方面进一步强调派遣留学生的重要性，催促朝廷尽快施行；另一方面明确了幼童留学的规章和具体方法，由陈兰彬任出洋局委员，容闳为副委员。

但是，克服了"官方"的障碍后，留学却又面临着"民间"的阻力。按照规划，决定挑选一百二十名十二岁左右的学生，分四年派赴美国，每年三十名。但官方出钱派人到美国留学，竟然无人愿去！当时人们仍认为只有读"四书五经"、由科举当官才是"正途"，国内的新式学校本只能招收到没有地位、身份的穷人家子弟，出洋留学更被认为是有辱门楣之举，被所有人耻笑，略有钱财的家庭都不愿子弟出洋留学。所以，第一批留学生三十名在上海竟然招不满额。为宣传留学，容闳深入江苏乡间，又回到家乡，招收部分家乡子弟。他还不得不到香港，在英国人开的学校中招收留学生，好不容易才招满三十个名额。为了完成任务，清政府认为东南沿海一带向有出洋传统，所以把留学名额作为"任务"摊派给一些地方。地方官为了完成任务，只得到一些穷苦人家动员把小孩送出国留学。一位留美幼童后来回忆说："当我是一个小孩子的时候，有一天，一位官员来到村里，拜访各住户，看哪一家父母愿意把他们的儿子送到国外接受西方教育，由政府负责一切费用，有的人申请了，可是后来当地人散布流言，说西方野蛮人，会把他们的儿子活活地剥皮，再把狗皮接种到他们身上，当怪物展览赚钱，因此报名的人又撤消。"为打消此种顾虑，容闳便以自己的留学经历现身说法，证明留学并不会被剥皮展览。

从詹天佑的出国留学经历，便可见开创留学事业的艰难。詹天佑也是广东香山人，与容闳同乡。官派留美幼童，詹天佑一家原来并不知道，一位在香港做事的姓谭的邻居归来，才将这一消息告诉詹天佑的父亲詹兴洪，并力劝他送詹天佑出洋。詹兴洪虽不富裕，但属小康之家，所以犹豫不决，还是希望詹天佑走科举之路，升官发财。但谭姓邻居因在香港多年，知道外洋的富裕，认为科举之路最多找到一个"铁饭碗"，而出洋留学则有可能得到一个"金饭碗"。当时给儿子找媳妇要花很多彩礼钱，詹兴洪很喜欢谭家的小女儿，早就想与谭家订"娃娃亲"；谭某也非常喜欢詹天佑，认为此儿聪明、人品好，此时对詹兴洪提出，如果送詹天佑出国，他就同意与詹家定亲。在这种情况下，经过谭某反复劝说，并可省一些彩礼钱，詹兴洪才同意把儿子天佑送到美国。

经过百般努力，好不容易才凑足了首批三十名官派赴美留学生，于 1872 年 8 月中旬从上海起航赴美，开启了中西文化交流史上新的一页。

各批幼童出国前都要到上海出洋预备学校进行初步培训，临行前先要到上海道台衙门向道台大人磕头称谢，因为从理论上说，道台就是他们的主试官。见过道台后的第二天，他们还要拜见美国驻上海总领事。没想到见美国驻上海总领事时，不仅无须磕头，反倒是总领事拿出茶点糖果招待他们，热情亲切。中、美两国官员的这种不同，给孩子们留下深刻印象；还未出国，就开始感到了中、美的文化差异。

到美国后，这些幼童在美国学校上学、住在美国人的家中，他们的行为举止自然开始变化。容闳积极支持他们参加各种体育活动，篮球、棒球、足球，支持他们参加各种社团活动。他们迅速融入美国社会，例如自行车刚在美国问世时，幼童们也感到好奇，试着骑，耶鲁大学第一个学会骑自行车的人就是中国留美幼童；其中一人还当过耶鲁大学划船队队长；许多人还学会了跳舞，由于他们彬彬有礼，许多美国女孩都喜欢和他们跳舞，不少美国男生都非常忌妒。在服装上，他们由于经常运动，开始讨厌中国的长袍马褂，而喜欢穿运动衣，最使幼童感到头痛的是头上的辫子。因此，有的幼童把辫子剪掉，见清政府的留学监督官员时再戴上假辫子，被清政府官员发现后非常愤怒。幼童们1876年参观了美国费城国际博览会，在参观博览会的第三天，美国总统格兰特还专门接见了留美幼童，他主动与幼童握手、照相、亲切交谈，鼓励他们用心学习。美国总统平易近人，与见中国官员要下跪磕头形成鲜明对照。幼童在美国一点点感受到近代文明的自由、平等、民主精神，这些都使他们对中国的专制制度产生反感。

对学生们的变化，容闳认为正常，但先后到美主管其事的陈兰彬、区谔良、吴子登等却认为是大逆不道，双方矛盾日深。容闳以为双方的不同通过彼此沟通、交流就可解决，完全没有想到中国官场政治文化中首先偷偷向上级打对方"小报告"的传统。陈、吴、区等不断向朝廷、李鸿章等暗中"汇报"容闳的"劣迹"。他们攻击容闳对学生失职纵容、任其放荡淫佚，并授学生以种种不应得之权利，这些学生被批评为好学美国人为运动游戏之事，读书少而游戏时多，鼓励学生参加社团活动竟被说是鼓励学生加入各种秘密社会，学生不遵孔孟之道，不愿行尊师跪礼，甚至有人信了基督教……总之，留学外洋是利少弊多，难得资力，"此等学生，若更令其久居美国，必致全失其爱国之心，他日纵能学成回国，非特无益于国家，亦且有害于社会；欲为中国国家谋幸福计，当从速解散留学事务所，撤回留美学生，能早一日施行，即国家早获一日之福"，等等。支持留学事业的曾国藩已于几年前去世，国内顽固派官员本就坚决反对派留学生，此时借机全盘否定留学事业，有人上奏称留美幼童"毫无管束，遂致抛荒本业，纷纷入教"，甚至原来支持派留学生的恭亲王奕䜣也态度生变。一时间朝野对留学事业的攻击、指责甚嚣尘上，沸沸扬扬。朝廷于是责令李鸿章等查明此事，对失职官员坚决调离，对留学生要严加管束，有不服从者"即行撤回"。李鸿章立即致信容闳，批评他严重失职，要他今后少管留学生事务，同时命令陈兰彬、吴子登等"设法整顿"留美幼童，但又要他们以大局为重，勿因个人积怨将事态扩大。

一直蒙在鼓里的容闳此时才知道陈、吴等人对他和留学生的诬告，愤怒异常，立即给李鸿章写信说明真相，但为时已晚，朝廷已深受陈兰彬等人的影响，认为留美幼童问题严重，容闳难辞其咎，而且陈兰彬等人继续连上奏章，罗织罪名，一再要求朝廷将留美学生完全撤回。得知清政府态度后，容闳又气又急，四处奔走，想方设法拜访、联络美国社会名流和政要，希望借助他们的力量劝说清政府改变态度，挽回事态。耶鲁大学校长朴德起草，一百多位大中小学校长、老师、幼童监护人联名给清政府主管留学事务的总理衙门写了一封长信，盛赞留美幼童近十年来的表现，说明他们品学兼优，可望成才，如果中途撤回，功亏一篑，前功尽弃，殊为可惜，对中国损失巨大。大文豪马克·吐温亲自找到曾经访问过中国、与李鸿章相识的前总统格兰特，请他帮忙。格兰特立即给李鸿章写信，希望中国政府允许这些学生在美完成学业后再回国，否则极为可惜。

但这些全无用处，当时国内朝野上下，无人知道、理解美国名牌大学校长的社会地位和意义，很可能还以为只是一个"洋私塾先生"呢。而李鸿章得到格兰特信后则举棋不定，提出留一半、撤一半的妥协办法，显示典型的"李氏处事风格"。但这时朝廷已决定将留美幼童全部撤回，1881年6月，总理衙门大臣奕䜣上《奏请撤回留美肄业学生折》，援引陈兰彬的话指责留美幼童"腹少儒书，德性未坚，尚未究彼技能，先已沾其恶习"，不辨是非，"路歧丝染，未免见异思迁"，提出将留学生全部撤回。从1881年8月起，留美幼童分三批撤回，将近十年的留美学习，终于功亏一篑。

与大清王朝撤回留学生形成鲜明对照，明治维新后的日本向国外派遣留学生的规模越来越大。1854年，闭关锁国的日本被美国军舰敲开了大门，一些藩国的首领认识到"开国进取"才是国家富强的根本之道，于是不顾幕府禁令偷偷派遣少数学生到欧美学习。但自明治维新以后，大量向国外派遣留学生成为国策，1869年派了五十人，1870年派了一百五十人，到了1873年，就有上千人在欧美留学。派出的留学生中还有五名女生，明治天皇还亲自接见九岁的津田梅子，慰勉她到国外好好学习；有一位在美国还是詹天佑的同班同学。很多留学生回国后，在日本的军事、教育、政治各方面的体制现代化变革中都起了重要作用。中、日两国留学事业的不同命运，也从一个侧面预示了中、日两国在近代的不同命运。

留美幼童提前撤回、容闳教育兴国计划中途夭折，是中国近代化的一次严重挫折，不过，其意义却不容低估。与日本明治时期留学生对本国的作用相比，他们对中国社会近代化所起的作用固然要晚得多、小得多，但这恰说明中国的"出洋留学"面临的反对、困难和障碍要比日本强得多、大得多，所以其"突破性"意义或许更大。从晚清直到民国后的一段时间，中国的近代化事业艰难行进，人数不多的留美幼童在这困难重重的转型中起了非同小可的作用。据不完全统计，其中有七人在中法、中日海战中牺牲，国务总理一人，外交部长二人，海军元帅二人及海军军官多人，铁路专家和管理者十四人（五人是铁路局长），矿冶专家九人，军医四人，电信专家和管理人员多人（三人担任电信局长），航运造船多人，包括曾任江南造船厂厂长的邝国光，创办清华大学的前身清华学校并担任第一任校长的唐国安和北洋大学校长蔡绍基，而教师、律师、医生、新闻媒体人员、商人、金融界人士等则更多。

容闳的以留学为核心内容的教育兴国计划虽然失败，但毕竟是中国教育走向近代的艰难一步，是中国教育制度近代化的先声。而且，更是后来越来越强劲的"教育救国"思潮的先导。今日提出的"科教兴国"，亦可溯源至此。

"西学东渐"是中国近代化的重要内容，首批派遣留学生毕竟在当时壁垒森严的"夷夏之大防"中打开一个缺口，越来越多的青年学生直接沐浴"欧风美雨"，开创了"西学东渐"的新阶段和中西文化交流史的新纪元。

参与维新

留美幼童功败垂成，对容闳的理想和抱负无疑是一个重大打击。屋漏偏遭连夜雨，此时他的妻子又患重病，虽然容闳长期悉心照料，美国妻子终在 1886 年初夏病逝，留下两个儿子。

不过，在心灰意冷之中，他仍时时关心国事，常为自己报国无门无限惆怅。1894 年 7 月，中日甲午战争爆发，身在异国他乡的容闳一直坐卧不安，焦灼地关心战事，为祖国命运担忧。湖广总督张之洞的幕僚蔡锡勇此前曾任中国驻美使馆参赞兼翻译，容闳在美与他相识，爱国心切的容闳连发两信给他，提出两大抗敌对策，要他转交张之洞。第一策是中国向英国商借一千五百万元，购军舰三四艘，雇佣外国兵五千人由太平洋抄袭日本之后，使日本"首尾不能相顾"，必然要调回部分在朝鲜的兵力，中国于是可乘机急练新军，海陆并进，抗击日本。第二策与第一策同时并行，由中国政府派员将台湾全岛抵押给任何一个欧美强国，借款四亿美金，作为全国海陆军与日本长期战斗的军费。或许这只是纸上谈兵的书生之见，但他的爱国情怀，却跃然纸上。

对容闳的建议，张之洞倒是认为第一项可以一试，而第二项万不可行。于是发电报给容闳，要他立即前往伦敦办理此事。得张电报，容闳更感国家生死存亡之际自己义不容辞，立即由美赴英，几经努力，与英国银行界人士达成借款协议，以中国海关税作为担保。但由于清政府内以光绪为首的"帝党"和以慈禧为首的"后党"两党权争激烈，李鸿章与张之洞矛盾重重，各种矛盾错综复杂，明争暗斗，互相拆台。张之洞提出的以海关税为担保向英国借巨款之举，被慈禧、李鸿章否决。

长期居住美国、满怀爱国热情却颇为天真的容闳，对高层如此复杂的政治斗争了解无多，他认为自己的方案有位高权重的张之洞支持肯定无问题，就抓紧时间与伦敦银行集团签订合约，没想到最终却未获最高当局批准。但伦敦银行集团却以毁约质问容闳，为何事先不与中国政府商定就匆忙签约，他们指责、控告容闳欺诈，并准备向法庭起诉。后经美国朋友调解，容闳才未被起诉，悻悻然回到美国。

容闳虽然成为派系斗争的牺牲品，还因此被英国银行指控，但他仍不气馁，满腔爱国热情并未减弱，反因《马关条约》的签订更加高涨。返回美国后他立即致电张之洞，表示仍愿为国效劳，请张指示此后进行方针。张之洞马上复电，要容闳回国商议。得张电后，容闳把儿子托付给美国朋友照料后便启程回国，于夏初抵达上海。到上海后，他立即脱下西装，穿上刚刚买来的清朝官服，戴上假辫子，匆匆赶到南京，拜谒署理两江总督的张之洞。每当容闳问起伦敦借款之事，老于宦道的张之洞总是回避岔开，也不告诉朝廷未批准的原因。但提起李鸿章，张之洞则恶语不断，容闳对国内政坛的派系之争、政治的复杂腐败，这才有更多的了解。会见中，张之洞问他有何兴国之策，他向张之洞提出聘请洋人为外交、财政、海军、陆军四部顾问，使中国行政机关依西欧成规，重新组织建设。

这些建议说明，他认为中国已到进行制度改革、建设的时候了。对这些建议，张之洞并未理睬，只委任他一个江南交涉委员的空衔。顶此空衔，容闳每月无事可做，却可领一百五十元高薪，为不少人羡慕，但一心想为国做事的容闳感到非常烦闷无聊，不到三个月就辞职，回到上海。

虽然建议不被采纳，但容闳爱国之心不死，于是来到北京，想寻找机会打动朝廷。从1896年到1898年间，他通过各种渠道向清政府提出种种兴国方案，其中最重要的是提出设立国家银行、修筑全国铁路两大建议，并有详备可行的章程和实施细则。

此时中国尤其是沿海地区的近代工商业已有长足的进展，但国家还没有国家银行，严重束缚了经济发展，而清政府根本没有认识到，也不知近代银行为何物。容闳深知近代银行对经济发展的重要，早在1860年就曾劝太平天国建立国家银行，后曾将美国的一些银行的组织、规章制度译成中文。1896年3月，他以此为基础，通过有关大臣给光绪递上两个创办近代国家银行的条陈。这两个条陈共有大小条文四十六条，对银行的资金来源、权责、国家资本与商股关系、钞币发行控制、财务清算、总行与分行关系、印发券票，甚至连债券、银票的样式都附有草图、详加说明。这是一套完整、系统、详细而且可行的近代银行方案，国人闻所未闻，军机大臣、户部尚书翁同龢专门召见了他，翁在日记中写道："江苏候补道容闳，纯甫，久住美国，居然洋人矣，然谈银行颇得要。"他的计划很快得到光绪皇帝的批准。容闳备受鼓舞，立即着手选址买地、招聘挑选合适人员，并受户部委托准备赴美与美国财政部接洽有关事宜。

然而，正在此时，兴办国家银行的方案却被盛宣怀破坏。盛宣怀是经办洋务的重要官员，当然知道办现代银行不仅是大势所趋，且是重大利源，所以一心想自己承办这些事情。他不仅具有商人的头脑，更有官僚的老谋深算，用重金开路，因此朝廷上下人脉极广，而容闳对官场规则一窍不通、与各方官僚很少来往，根本不是盛的对手。盛宣怀得知朝廷批准容闳创建国家银行的消息后，立即致电翁同龢请求暂缓实行容闳的计划，同时急忙携重金赶到北京，上下打点。在他的"努力"下，李鸿章、奕䜣、奕劻、李莲英等全都表态支持。1896年11月中旬朝廷下谕要盛筹办银行，第二年5月末，盛宣怀创办的通商银行在上海开行，容闳的努力终告失败。

1896 年和 1898 年，容闳还分别给清政府上了两个兴修全国铁路的条陈。他的计划宏大而周密，对如何组建铁路股份公司、如何管理铁路及沿线通讯设施、怎样开采铁路附近的煤矿铁矿、怎样招聘培养铁路技术管理人才等，都提出了细致入微的方案。虽然光绪皇帝在 1898 年 2 月批准了容闳的第二个条陈，即修筑津镇铁路，但铁路也涉及各方利益，于是各利益集团开始争夺、破坏，盛宣怀、王文韶、张之洞、刘坤一等高官串通一气，共同反对；而且由于此路经过山东境内，德国认为"侵犯"其利益也表反对。如此强大的反对阵营，使容闳的筑路计划胎死腹中。

容闳开始听说自己的银行、修路计划最后被朝廷否决时非常惊讶，他确实想不到清政府已腐败到如此程度，一切要金钱开道。慈禧宠臣、最有实权、坚决反对"新式"事业的荣禄更是最为贪渎之人，凡事大多以向他行贿多少决定行否。他以为容闳从海外归来必定非常富有，必有厚金报效，所以开始对容闳态度颇好。但容闳对这种"潜规则"却一窍不通，认为只要自己的计划对国家、对朝廷有利，就会得到朝廷首肯，根本没想到或不屑于行贿，结果大权在握、炙手可热的荣禄也表示反对。

无情的事实使容闳对清政府的贪腐认识更加深刻也更加愤怒，他一针见血地写道："究国家银行计划失败之原因，亦不外夫中国行政机关之腐败而已。尊自太后，贱及吏胥，自上至下，无一不以贿赂造成。贿赂之为物，予直欲目之为螺钉，一经钻入，即无坚不破也。简言之，吾人之在中国，只需有神通广大之金钱，即无事不可达其目的。事事物物，无非拍卖品，孰以重价购者孰得之。"

　　洋务派愿意创建现代银行、修造铁路，无疑较反对兴办这些近代新事业的顽固派大为开明进步。不过，由于这些新事业、新项目利益巨大，涉及各利益集团，各利益集团往往不择手段争项目、争投资，想方设法阻挠、破坏他人立项。对这种利益的争夺与分配，本应有一套规范、透明的制度与程序制约，使之尽可能公平、公正，否则，必将导致贪渎无艺、贿赂公行，政府与社会将被迅速腐化。纵观晚清历史，清政府一直未能进行制度改革，建立最基本的有关制度与程序，政府的巨额投资完全由官场的权力、权谋和金钱主导，这是清王朝最后覆亡的重要原因。

　　这时，已有人认识到问题的严重性，意识到危机已迫在眉睫，开始进行制度变革。以康有为、梁启超为代表的维新派登上了历史舞台。维新派的"机关报"《时务报》详细介绍了容闳创办国家银行和修筑铁路的内容，并加按语明确支持。湖南维新派创办的《湘报》也全文登载了容闳创办铁路的条陈及最后受阻的详情，为容大抱不平。

　　容闳早就认为中国的根本问题是体制、制度问题，只是没有一个政治力量可以依靠，因此寻找、依靠洋务派从办新式教育入手最后朝廷制度改造，对朝廷还抱有一线希望。此时，通过洋务派的努力最后失败，但一股要求变革政治制度的政治力量突然崛起，并对容闳表示支持、声援，容闳自然与之一拍即合。年已七旬的容闳，仍精神焕发积极参与维新运动中去。容闳参加了康有为在北京发起成立保国会的大会，对康的主张大表赞同，以后维新派开会他都积极参加，一起商讨变法大计。湖南在巡抚陈宝箴的经营下，实行"三湘新政"，成为维新运动最有生气的省份。湖南维新派积极与容联系，容也对"三湘新政"大表支持，举荐不少新式人才赴湘，双方互通声气，遥相呼应，相互支持。此时康、梁刚登上政治舞台，容长康三十岁，长梁四十五岁，已有相当社会声望，而且与康、梁是同乡，因此康、梁对他十分尊重，经常征求他的意见。而容在北京东华门附近的金顶庙（又称关帝庙）寓所，长期成为维新派聚会商议变法大计的场所，几乎成为维新派的会议室。维新派人士尊称容为"纯老""纯公""纯斋"，他们的许多重要建议、奏折和应对策略，都是在此讨论产生。康有为在给光绪皇帝"统筹全局"的奏折中，估算概行新政大致需要"五六万万"之款，因此建议派容闳赴美筹款，并多次对其人品倍加称赞，推荐他担任外事联络职务（如向外国借款、办理外交等）。维新派与顽固派的斗争一直非常激烈，容闳参与维新派活动引起了顽固派的注意。1898年5月中旬，坚决反对维新的体仁阁大学士徐桐上折弹劾维新派官员张荫桓说："又闻张荫桓与其同乡人道员梁诚、容闳等，与洋人时相往还，行踪诡秘。""与洋人时相往还"，虽未明说，却又明确含有与洋人勾结、卖国、汉奸之意，近代以来，这是中国政坛攻击政敌最厉害、最有效的武器。

6月中旬，光绪皇帝正式颁发"明定国是"诏书，维新变法正式开始。制度变革必然严重触犯既得利益集团，因此新、旧两派的斗争越来越激烈。9月中旬，双方已经水火不容，最后刀枪相见。光绪皇帝和维新派并无实权，而实权掌握在坚决反对维新的慈禧手中，尤其是军权，完全被她掌控。在这生死存亡的关键时刻，维新派只能铤而走险、孤注一掷，由谭嗣同在9月18日深夜只身前往手握一支新军的袁世凯寓所，劝说袁支持维新、武装保护光绪皇帝。在这千钧一发之际，维新派约定在容闳寓所会面，等候谭的消息。当晚，梁启超先赴容寓，稍后康有为也至此，他们与容一同紧张等待谭嗣同到来。谭嗣同带来的消息并不乐观，他们对未来忧心忡忡。随后两天，又传来光绪皇帝召见袁世凯但袁不表支持的消息。维新派一派愁云惨雾，在一筹莫展之际，天真的容闳主动提出自己可以出面一试，请美国驻华公使朝廷外交干预，看能否挽救维新败局。但康有为等认为，美国在中国没有驻军，没有军事压力，仅凭外交手段根本不能使慈禧就范，谢绝了容的好意。9月21日，以西太后为首的顽固派发动政变，维新失败。光绪皇帝被囚，清政府下令通缉康、梁，杀害"六君子"，严厉处罚参加变法之官员。在清廷四处捕人、风声危急之时，容闳首先想到的是康、梁等人的安危，设法帮他们出逃。他曾请求美国公使营救康有为，写信给英国传教士李提摩太请他设法营救梁启超。

容闳是维新的核心人物之一，自然也被清廷"撤差"并通缉。这时京城已是缇骑四出，官府疯狂抓捕维新党人，一片恐怖。容闳冒险潜逃出京，跑到上海，在租界躲避清政府追捕。

概括地说，容闳从积极参加洋务运动到积极支持维新运动，主要有以下三点原因：

第一，容闳最早从美国回国时，就想以引进大机器生产、派留学生和政治制度的变革使中国富强。只是由于当时连引进大机器生产、派留学生都阻力重重、十分困难，政治体制改革更无人敢行。所以，当时他能做的对中国最有益处的就是积极参加洋务运动，把各种新事务引入中国。第二，当洋务运动进行了三十年后，即容闳参与洋务运动三十年，洋务运动的弊病越来越明显，其局限性也越来越明显地表现出来，尤其是中日甲午战争的失败，人们意识到只有政治体制改革才能救中国，以康有为为首的维新派的出现，就是这种认识、力量的代表。当这种力量出现后，早就持此观点的容闳自然参与其中。第三，容闳早期的洋务活动使他与洋务派官员有相当程度的私人交往，但留学生被遣返，尤其是后来办银行、修筑铁路被盛宣怀、张之洞等洋务官僚把持后，使他对洋务派更加失望。对洋务派的失望愈深，对维新派的态度自然愈积极、坚定。

走向革命

由于风声日紧，容闳在上海租界并不安全，便又从上海潜往香港。

虽然慈禧太后发动了戊戌政变，将光绪皇帝囚禁起来，但光绪皇帝比她年轻得多，今后很可能仍会重新掌权。所以，光绪皇帝的存在始终是慈禧的心头之患，慈禧便想将光绪废掉，另立新帝。消息传出，国人哗然。

1900年1月下旬，上海电报局总办经元善联合在沪各省绅商等一千多人，发出反对废光绪另立新帝的通电，慈禧震怒，清政府立即通缉经元善。经元善只得逃到澳门，但澳门葡萄牙当局在清政府的授意下，将经元善拘押。容闳闻讯后，立即写信给香港总督，请其设法营救经元善。在香港总督卜力（Henry Arthur Blake）的斡旋下，澳门当局释放了经元善，容闳还将经元善接到香港。对容闳在危难时刻大力相助，经元善感激不尽。

想在体制内改革的维新运动失败后，以孙中山为首的革命党人开始活跃起来。在这种大背景下，容闳开始与革命党人接触。在第一批出国幼童中，有一位容闳的族弟容星桥，他回国参加过 1884 年的中法海战，曾立功受奖，后退伍到香港经商。在香港期间，他与孙中山相识，并参加了兴中会。3 月下旬，容闳来到新加坡，与康有为、新加坡富商邱菽园及台湾爱国诗人丘逢甲会面，商讨维新派在长江流域和广东地区武装起事，营救光绪帝。容闳当时曾试探英国是否支持维新派人士的武装起义，并希望刚刚认识的美国人荷马李（Homer Lea）能召集五百名美国志愿兵，同时联络菲律宾义军参战。这年三四月间，经容星桥的介绍，容闳与革命党人多次接触，并向革命党人打听孙中山的情况，开始同情革命党。

此时，一场巨大的风暴正在形成，义和团在华北地区发展迅猛。义和团运动于 1890 年代后半期起源于山东和直隶，以"练拳"为名组织起来，攻打教堂，反洋教。1898 年 10 月下旬，山东冠县梨园屯拳民起义，使义和团运动迅速兴起，从山东发展到直隶，并于 1900 年夏进入天津、北京。义和团的口号虽不统一，但主要是"顺清灭洋""扶清灭洋""助清灭洋"，并明确表示"一概鬼子全杀尽，大清一统庆升平"，爱国性与封建性混为一体。对一切与"洋"有关之人和物，义和团则极端仇视，把传教士称为"毛子"，教民称为"二毛子"，"通洋学""谙洋语""用洋货"之类的人依次被称为"三毛子""四毛子"……直到"十毛子"，统统在严厉打击之列。对如此巨大的社会运动，清王朝中央政府在相当一段时间内竟没有一个明确、统一的政策，往往由各级官员自行决定。由于中央官员内部和地方各级官员对义和团的态度非常不同，有的支持，有的反对，中央政府也深受影响，摇摆不定，时而主剿，时而主抚，但总的倾向是主抚。而慈禧最终决定明确支持义和团，则是要利用义和团根绝维新隐患。因为慈禧等守旧派决定废除光绪，另立新君，但这一计划遭到西方列强的强烈反对而未能实现。对守旧派来说，光绪的存在确是潜在的巨大威胁。但他们知道自己没有力量，便想依靠义和团的"民心""民气"，同时又相信义和团的各种"法术"真能刀枪不入，打败现代化武器装备的洋人，于是决定用义和团来杀灭"洋人"，达到废立的目的，而义和团本身的落后性也为这种利用所惑。1900年6月19日，清廷决定"向各国宣战"。

面对给中国社会、中华民族，也给清王朝和一些官僚带来巨大灾难的混乱，已经返回上海的容闳心急如焚。他致电张之洞，希望张之洞在江南另立新政府，捧出光绪皇帝，在中国维新图强。他在电报中建议张之洞："联合长江各省，召集国中贤俊，设立类似国会之保国会，成中国独立政府，与八国议善后事宜；太后、皇上出奔，北京实无政府可言也。"对此建议，张之洞置之不理。东南地区的官员们，如刘坤一、张之洞、李鸿章开始"东南互保"，即东南地区保证外国人生命财产安全，外国不侵入这些地方。容闳认为，这一主张虽与他的方案非常不同，却是受他提议的启发而来。

这期间，容闳一方面支持张之洞的"东南互保"计划，一方面积极参加维新派人士唐才常策划"自立军"起义之事。"八国联军"入侵北京，太后、皇上逃离京城，举国纷乱无主。维新派认为大变革的时机已到，1900 年 7 月，唐才常在上海张园召开国会会议，邀请维新派人士和少数革命党人与会。到会的有全国士绅、文化界和工商界人士，还有社会名流。大会一致推举容闳为临时会长，严复为副会长，唐才常自认总干事。7 月 26 日会议在上海愚园之南新厅召开，大会正式定名为

"中国国会"。在不记名选举中，容闳得票最多，当选为正会长；严复得票第二，当选为副会长。容闳用英文起草了《中国国会宣言》，由严复译成中文。几次会议，定下了几条宗旨：第一，"保全中国自主之权"；第二，不认通匪矫诏之伪政府，即指慈禧太后掌控的清廷；第三，"请光绪皇帝复辟"；第四，联络外交；第五，推广中国未来之文明进化，使中国"立二十世纪最文明之政治模范，以立宪自由之政治权，与之人民，藉以驱除排外篡夺之妄"。

如上所述，容闳对张之洞表示支持，寄希望于张之洞支持自立军起义、接受自立军的拥戴，宣布两湖起义。但是，张之洞却静观事变，既不表示反对，也不表示支持。最后，张之洞认为慈禧仍掌大权，为向慈禧表示自己的忠心，于是疯狂捕杀自立军，追捕国会领袖。8月9日，唐才常一行离开上海前往武汉，准备在武汉发动自立军起义，其中有容闳的族弟容星桥。临行前唐才常曾会见容闳，商谈自立军起义事。8月21日，张之洞逮捕了自立军机关三十余人，次日即将唐才常等二十余人杀害；容星桥装扮成轮船苦力，才逃回上海。自立军起义宣告失败，容闳也被清政府通缉。此时，容闳实际已从改革走向了革命的边缘。

张之洞前后态度的变化，反映出一个久经官场的官僚的精明狡诈与冷酷无情。他当然知道支持自立军起义的巨大风险，但当时慈禧太后率当朝文武仓皇出逃，此时的中国确实处于"无政府"状态，无人能预料到中国下一步会有什么变化，因此，对拥戴光绪、主张维新的自立军，老谋深算的张之洞自然不会轻表反对。然而，一旦确定慈禧仍掌大权，"大清"王朝仍不会倒塌时，张之洞对自立军便毫不手软，血腥镇压，如此才能表示自己对慈禧、对大清王朝的忠诚。为"洗清"自己曾与维新派有过不浅来往、甚至曾经称赞容闳"才识博通、忠悃诚笃"因此有"立场不坚定"之嫌，张之洞在《宣布康党逆迹并查拿自立匪首片》中，开列的"匪首"名单里，容闳的大名赫然在列。在这种风口浪尖上，张之洞明白自己的险境，稍有差错，不仅丢官，很可能会掉脑袋。张之洞对自立军和容闳的态度，典型反映了中国传统社会的"官场文化"。

在义和团运动时期，不仅容闳"运动"张之洞在长江流域独立，孙中山也认为革命的时机已到，他作了几手准备，其中之一是对李鸿章寄予希望，通过关系想策动李鸿章在"两广独立"，成立新政府，并由容闳主管外交；同时加紧联络会党，准备在惠州发起武装起义，与长江流域自立军起义遥相呼应，武装割据华南一部分成立共和国。为联络以容闳为会长的"中国国会"，他于8月29日来到上海，造访英国驻沪领事，这时他才得知自立军起义已经失败，清政府正在大肆搜捕"国会"成员和自立军成员。同时，清政府已经得知孙中山到达上海的消息，要上海道台马上想法捉拿孙中山。英国驻沪领事劝告孙中山马上逃走，以防不测。9月1日，孙中山化名"中山樵"，容闳装扮成一名商人、化名"泰西"，容星桥化名"平田晋"，乘日本轮船"神户丸"号一同由上海赴日。在船上，容与孙首次相遇，畅谈国家大事，容钦佩孙中山的人品、胆识和才能，开始明确支持革命。

回顾容闳"走向革命"的过程，令人感想殊多。当历史最早产生洋务运动时，他积极投身其间想从器物、经济层面上改造中国，使中国富强。当变革制度的维新运动走上历史舞台时，他积极参加体制内改革的维新运动。这时，他并未从内心反对推翻清王朝的革命。而当洋务、维新都失败时，维新派被慈禧为首的顽固派血腥镇压，后来又被他心目中的开明官员张之洞血腥镇压，使他更进一步认识到很难在体制内改革清政府了。这一切，都使他最后走向暴力革命。

"红龙计划"

1901 年初，清政府在香港暗杀革命党人杨衢云，并设法缉拿容闳。容闳愤怒谴责清政府的残暴行为。

这年春天，容闳来到日本占领下的台湾游览。此时的日本"台湾总督"是儿玉源太郎子爵，见面时，清政府已将抓捕容闳的通缉令传送给香港、澳门、台湾殖民当局，要他们配合协助清政府捉拿容闳。与容闳见面时，儿玉将此通缉令拿出给容闳看。容闳不知儿玉意欲何为，冷静镇定地对儿玉说："予今在阁下完全治权之下，故无论何时，阁下可从心所欲，捕予送之中政府。予亦甚愿为中国而死，死固得其所也。"儿玉又取出一份早已准备好的旧报纸，上面登有中日甲午战争期间，容闳给张之洞的条陈，其中有向欧洲某国抵押台湾借巨款反抗日本侵略等内容。儿玉问容闳这个条陈是否确为他所写，容闳浩然正气地回答说确是出自自己手笔，"设将来中国再有类似于此之事实发生，予仍当抱定此宗旨，上类似于此之条陈于中政府，以与日本抵抗也"。容闳的大无畏气概赢得了儿玉的尊重。儿玉告诉容闳自己马上升迁返国，邀容到日本一游，并说可以将他介绍给日本明治天皇和政界重要人物，被容闳以年老体弱婉拒。

9月，一些革命党人在香港开始策划夺取广州的起义，决定事成后推举容闳为政府大总统，但容闳认为应当推举孙中山为大总统。此后，革命派与容闳密切联系。1902年夏，在香港策划夺取广州起义的革命党人谢缵泰写信给容闳，请他"在美国组织秘密社团，并为争取美国朋友和同情者的合作和支持而努力"。容闳复信表示"我将尽我的能力满足你们的需要。请尽早将暗号和密码寄来。对于我们的通讯，这是不可缺少的东西"。

虽然革命派的几次起义全都失败，但容闳在美仍积极活动，联络了美国军事专家荷马李和财政界重要人物布思（Charles Beach Boothe），计划筹款，训练武装力量，支援中国革命。

这时，革命派和立宪派在海外展开了关于中国前途究竟是推翻清王朝的革命还是以清王朝的改革实现社会进步的激烈争论。双方的辩论，从1901年拉开序幕，到1905年同盟会成立后达到高潮。

众所周知，留日学生是革命党的主要力量。但留日学生开始对政治的兴趣有限，更不倾向革命。所以孙中山等人在"广州起义"失败后流亡日本时，工作的主要对象是在日华侨而不是留日学生。但维新失败，梁启超亡命日本，议论国是，对留日学生触动很大，开始关心政治。这时，留日学生就成了革命党与立宪派争夺的对象。由于康、梁的地位名声与学识水平，学生中倾向康、梁者自然居多。为争夺青年学生，本不居优势的革命派于是主动挑起论战。1905 年 11 月同盟会机关报《民报》创刊，革命派即以此为阵地向立宪派猛烈进攻，而立宪派则主要以《新民丛报》为阵地奋起反击，双方展开了一场规模空前、声势浩大的激烈论战，持续了十五个月之久。论战涉及清王朝的性质、种族与民族问题、国民素质、中国应该建立什么样的政体、土地制度、革命会不会招致列强干涉引起中国崩溃等许多方面。但是，最紧迫、最核心、最重要甚至决定论战双方胜负的，却是要不要暴力革命的问题。

简单来说，革命派认为，只有用暴力革命推翻清王朝，才能共和立宪。立宪派则认为，暴力只会导致血流漂杵，带来巨大的灾难，得不偿失。他们相信，只要人民要求立宪，清政府终会让步，可以实现代价最小的和平转型。

纯从"道理"上说，立宪派无疑更有"道理"。然而，它的理论的前提是清政府在压力下必能"让步"，实行立宪。如果这个前提不存在，则无论说得多么"有理"，终将无济于事，"有理"会被人认为"无理"。这一点，梁启超其实十分清楚，所以他在1906年给老师康有为的信中承认："革党现在东京占极大之势力，万余学生从之者过半。前此预备立宪诏下，其机稍息，及改革官制有名无实，其势益张，近且举国若狂矣。东京各省人皆有，彼播种于此间，而蔓延于内地……"清廷刚宣布预备立宪时，革命派的力量就"稍息"；而当人们认识到清廷的立宪有名无实时，革命派就"其势益张"。显然，革命派力量的"息"与"张"，与清廷所作所为大有干系。所以，论战不到半年，梁启超就通过种种关系，私下托人与"革命党"讲和，表示希望停止论战。1907年年初，他在《新民丛报》发表了《现政府与革命党》一文，更是承认："革命党者，以扑灭现政府为目的者也。而现政府者，制造革命党之一大工场也。"端的是一语中的。这场论战，以往说革命派"大获全胜"，肯定夸张。

双方各有道理，实难分胜负。但经此论战，革命派的影响、声势空前壮大却是事实。主要原因，还在拒不进行实质性改革的清政府是"制造革命党之一大工场"！梁氏一直反对激进革命、反复论述暴力将带来灾难性后果、极力主张温和改革，却能正视不利于自己观点、主张的事实，确实难得。

在这种背景下，容闳革命的信念更加坚定，他建议革命各派联合起来，并且谴责康有为及其保皇会。这段时间，容闳一直与美国军事专家荷马李和金融界巨头布思密切联系。

1908 年 11 月 14 日、15 日，光绪皇帝和慈禧太后相继去世。革命党都认为变动机会来到，12 月 4 日，容闳写信给荷马李，建议他利用此大好时机，立即帮中国举行武装起义，如能取得一省，立即任命总督。第二天，容闳又致信荷马李，抄录中国各秘密党派、会社名单，内有革命党领袖孙文。还建议邀请各政党会社领袖到美国去，共商团结斗争、组织临时政府的内阁及顾问委员会事宜。

1909 年二三月间，容闳向荷马李、布思提出了一个"中国红龙计划"（Red Dragon-China）。该计划提出支持革命党进行武装斗争，筹款五百万美元，购买十万支枪和一亿发子弹。此后，容闳一直努力此事。旅居新加坡的孙中山，与容闳通信频繁。在容闳介绍下，孙中山和荷马李、布思联络密切，商量借款资助武装起义、推翻清王朝的问题。12月22日，孙中山接受容闳的邀请，到达纽约与容闳见面。在容闳的安排下，孙中山分别与荷马李、布思多次密谈，制定起义计划，决定通过布思向纽约财团洽谈借款三百五十万美元，由荷马李训练军官，以助中国革命党推翻清王朝。革命成功后，美国权券人享有在华办实业、开矿等特权。此后，容闳经常写信给荷马李、布思，催促此事的落实。

1910年2月，容闳致信孙中山，进一步提出"中国红龙计划"的实施步骤，并提出四条建议：第一，向美国银行借款一百五十万至二百万美元，作为起义费用；第二，任用精明能干、通晓军事的人统率军队；第三，组织、训练海军；第四，成立临时政府，推举贤才，接管起义后所夺取的城市。3月初，容闳写信给孙中山，建议他与布思、荷马李再次认真商谈，逐条落实借款事项。不久，容闳又写信给布思，提出一个借款计划，即借款一千万美元，分五次支付，期限为十年，年利息为百分之十五。经多次协商、反复研究，孙中山和荷马李、布思达成了五条协议：第一，向美国财团借款三百五十万美元，分四次付给，作为军事经费；第二，在借款手续上，由孙中山草签一个由各省革命党代表联名签字的借款文件，作为正式借款的凭证，并以革命党领袖孙中山的名义，委任布思作为中国革命党在国外借款的全权代表，负责具体办理借款事宜；第三，认真商量筹组临时政府，招纳各种有权威的贤能人才进入内阁；第四，请美国军事家帮助，训练一批军官，增强起义指挥能力；第五，为了集中人力、财力组织发动具有全局影响力的大型起义，暂时停止华南和长江流域的小型而准备不充分的武装起义。

孙中山将此协议和下一步行动计划迅速信告在国内的黄兴。由于种种原因，此计划未能实现，款项没有借到。但此计划却对孙中山以后的武装起义方针有积极影响，放弃和停止了不成熟的小型武装起义，支持黄兴集中财力人力，抓好影响巨大的广州黄花岗起义和武昌起义，体现了这个协议的影响力。

对"红龙计划"的实施，容闳一直十分关注，直到1911年春仍写信给荷马李、布思，催促他们落实与孙中山谈判商定的计划。

1911 年 10 月 10 日，辛亥革命爆发，武昌起义成功。久卧病床的容闳兴奋异常。12 月 19 日到 29 日，容闳连续写三封信给谢缵泰，热烈欢呼推翻帝制的伟大胜利，同时详述了自己对革命发展的观点。

在第一封信中，他提出三点重要意见：第一，提醒革命党人警惕"大阴谋家"袁世凯篡夺政权；第二，革命党人要精诚团结，防止内部争执、互相纠纷，以免陷入"内战的深渊"；第三，如果革命党人自身不团结、打内战，"肯定会导致外国干涉，这就意味着瓜分这个美好的国家"。第二封信的全部内容是强调要革命党警惕袁世凯，他在信中表示："目前使我焦急的是：掠夺成性的列强在北京，将有压倒一切的权力左右袁世凯、唐绍仪一伙；他们将使用一切手段影响上海的制宪会议通过君主立宪，并以袁世凯、唐绍仪控制新政府，这就简直同清政府重新执政一样糟糕"，"新中国应该由地道的中国人管理，而不应由骑墙派和卖国贼掌管，因为他们让欧洲掠夺者干预我国的内政。如果聘用外国人，宁可聘用美国人好得多。我们可以按照自己的意愿留用或解雇，并以此为条件与他们签订合同。这样一个重要的问题，应当由代表们在参政会上冷静讨论，并作出坚决的决定"。第三封信则是热烈祝贺孙中山就任临时大总统，表示想病愈后回国看看新中国。

虽然去国已久，但从信中可以看出他对国内情况并不隔膜，尤其是对袁世凯可能窃取革命成果的提醒，极有预见性。

1912年1月1日，孙中山在南京就任临时政府大总统，第二天便亲笔写信给容闳，诚邀他归国担任要职，并寄去一张自身近照。由此可见他在孙中山心中的地位。但遗憾的是，命运并未给他再次回国、一展宏图的机会。4月上旬，年老体迈、久病在身的容闳病情更加严重。在弥留之际，他特别叮嘱守候在床边的长子容觐彤要回国服务，以偿他为新生共和国效劳的夙愿。大儿子耶鲁毕业后已找到一份称心如意的工作，收入优厚，因此不舍得丢掉这份职业。容闳以手示意，叫大儿子坐近些，对儿子说："吾费如许金钱，养成汝辈人材，原冀回报祖国。今不此之务，惟小人利喻，患得患失，殊非我所望于汝二人者。"后来，他的两个儿子都先后遵行了父亲的遗愿，回国服务。4月21日上午，容闳病情继续恶化，抢救无效，逝世于美国康州哈特福德城沙京街寓所。

容闳的一生，确有其独特的意义：

——他的出现，是中国全球化的最初体现，意味着古老的中华文明将遇到一种新的文明的挑战、碰撞，并渐渐与之融合。全球化背景下的古老中国，最重要的时代课题就是"现代化"，容闳是中国现代化当之无愧的先驱人物和重要推动者。他最早提出以现代教育使国家富强的治国方针，并殚精竭虑付诸实施，成为中国现代教育的开创者。

——中国的现代化是从经济层面向制度层面递进的，因此现代中国的历史发展轨迹便是一个时代、阶段被另一个时代、阶段迅速取代。前一个阶段的进步人物，往往成为后一个阶段的保守人物，成为阻碍社会发展的守旧力量。现代中国，这种历史人物不可胜数，因为思想认识或自身利益的原因，他们不能超越自己原来的立场、观点。然而容闳却能超越自己曾经参与甚至起过重要作用的历史阶段，决然投身新的历史阶段，从太平天国到洋务运动，再到维新运动，最终参加推翻清王朝的革命运动。敏锐把握历史潮流和动向，与时俱进，是容闳思想和实践的重要特点，在现代中国确实少见。

——他的超越性源自只忠于自己的理想、原则，而不忠于、不依附任何其他政治利益集团，换句话说，他一直在寻找、利用能实现自己的理想的政治力量，一旦发现这种政治力量不能实现自己的理想而新出现的政治力量更接近于自己的理想，便转身而去。独立性与超越性是现代知识分子的本质特征，所以容闳无疑是中国现代知识分子"第一人"，是中国现代知识分子产生的标志。

——像容闳这种理性、温和者最终也一步步走向革命的过程，也是清王朝拒不主动变革甚至镇压体制内改革者，因此把许多原本是体制内的改革者推到体制外，一步步自取灭亡的过程。

——中国的现代化道路是在列强侵略的背景下展开的，在帝国主义一次次侵略、打击下，现代中国一直面临着亡国的危险。爱国、救亡，无疑是近代中国最急迫的任务。面对强敌侵略，特别容易产生两种"情绪"。一种是充满激情却盲目排外的爱国精神、爱国主义。由于现代中国是被已经现代化的列强侵略，这种爱国主义在坚决反抗侵略的同时，又非理性地排斥、拒绝任何现代文明，对强国不能不引进的任何新事物都坚决反对，痛斥为"卖国"。这种"爱国"，实际是误国。另一种情绪正好相反，或是由中国的失败转而对中国完全失去信心，认为中国反抗、抵抗是没有意义的；或是完全从自己的利益出发，干脆成为汉奸，卖国求荣。然而，在中华民族的生死存亡关头，容闳的爱国思想、爱国精神却别有境界，尤其值得关注、发扬。他长期接受美国教育，毕业时中文甚至已经陌生，对美国的富强有深刻的了解，但他却没有成为崇洋媚外的“洋奴”。相反，他没有忘记自己的祖国，对自己的祖国没有失去信心。毕业于美国第一流大学，容闳本可以在美国过上安逸富足的生活，但他却毅然返国，想以自己的新思想、新观念、新知识救国救亡。他的救国理想是充分汲取现代文明成果，使中国实现现代化，从而国强民富，使中华民族以崭新的面貌自立于世界民族之林。他的爱国精神的实质是爱国而不盲目排外，爱国而开放，充满爱国激情却又富于理性；从参与清王朝体制内的洋务到参加推翻清王朝的革命，对他来说，爱国并不必然要爱朝廷，更不必然要忠君。

——爱德华·萨义德认为：“每一文化的发展和维护都需要一种与其相异质并且与其相竞争的另一个自我的存在。自我身份的建构——因为在我看来，身份，不管东方的还是西方的，法国的还是英国的，不仅显然是独特的集体经验之汇集，最终都是一种建构——牵涉到与自己相反的'他者'身份的建构，而且总是牵涉到对与'我们'不同的特质的不断阐释和再阐释。每一时代和社会都重新创造自己的'他者'。因此，自我身份或'他者'身份绝非静止的东西，而在很大程度上是一种人为建构的历史、社会、学术和政治过程，就像是一场牵涉到各个社会的不同个体和机构的竞赛。"近代中国被"全球化"大潮裹挟，也面临着如何"重新创造自己的'他者'"以实现"自我身份"的重新建构这一历史性命题。而立志"借西方文明之学术以改良东方之文化，必可使此老大帝国，一变而为少年新中国"、"以西方之学术，灌输于中国，使中国日趋于文明富强之境"的容闳，堪称中华民族"自我身份"重新建构"第一人"。

王闿运与他的时代

羽　戈

　　王闿运的人生何以如此潇洒顺遂呢？我以为最重要的原因，即在疾如迅雷的转型时代面前，他始终能够摆正自己的位置。

　　1916 年 10 月 20 日午夜，王闿运病逝于家乡湖南湘潭，享年八十四岁。十一天后，黄兴病逝于上海。再过八天，蔡锷病逝于日本福冈。加上上半年去世的盛宣怀和袁世凯，这一年大星陨落、黄钟敛声，实在令人伤感。

　　逝者都是中国近代史上举足轻重的人物，然而时值数千年来未有之大变局，他们死亡的意义势必被弱化，既不能终结一个旧时代，更无法开启一个新时代。拿袁世凯来说，他和洪宪王朝的失败，并不意味着帝制的终结。进一步讲，帝制的失败，并不意味着共和的胜利，如陈独秀所言，一些人反对袁世凯，未必反对帝制、赞同共和，他们只是反对由袁世凯来当皇帝。

　　这些逝者当中，王闿运的名字，也许今人最为陌生。不消说袁世凯、黄兴、蔡锷，就连盛宣怀的知名度，都要压他一头：作为晚清最风光的官商，盛宣怀与其对手胡雪岩，依然被今日商界奉为偶像，被成功学视作楷模。不过，倘若不论身后名，单讲生前事，只怕无人能及王闿运圆满。黄兴、蔡锷壮志未酬，英年早逝；袁世凯忧惧而死，身败名裂；盛宣怀大起大落，晚景凄凉……谁也不像王闿运这般，虽处乱世，却一生洒脱，逍遥自在，正应了东坡词："用舍由时，行藏在我，袖手何妨闲处看。"而且其著述、教学，皆有所成，门尽公卿，经传楚蜀，布衣名闻四海，著书风靡五洲。唯一称得上遗憾的是，帝王学不得其道而行。

王闿运的人生何以如此潇洒顺遂呢？我以为最重要的原因，即在疾如迅雷的转型时代面前，他始终能够摆正自己的位置。他生于道光十二年（1832年），死于民国五年（1916年），适逢中国转型的初潮，他的同时代人，不是被潮流裹挟而化作炮灰，就是被潮流抛弃而沦为古董，唯有他，纵使介入时代，却未沦陷其中，眼见形势不妙，迅速抽身而出，中年以后，则以旁观者的姿态，冷眼风云变幻。不过他的旁观，并非远远疏离于时代，他依旧处于时代的中心，以独有的方式，引领时代的走向。诚然，他开出的药方略显保守，甚至迂阔，可是，他恰恰以其保守，显出整个中国被激进的浪潮席卷而去。

余华小说《活着》结尾，福贵老人唱道：少年去游荡，中年想掘藏，老年做和尚。据说这三句话，写尽了许多人的一生。

王闿运的一生，与此略有不同，不过我们不妨借用其句式：少年入世，中年出世，老年玩世。

少年入世之王闿运与曾国藩

少年与青年王闿运，怀经世济民之心，有澄清天下之志，身负圣人之学，一向以霸才自命。只是我读王闿运，始终有一疑问：他的帝王学师承何处呢？

查其少时，先从刘焕藻就读于浣月山房，后从陈本钦、熊少牧就读于城南书院，这些先生不是学者，就是诗人，皆对王闿运青眼有加，如熊少牧说："吾生平未见此才，不独吾当让出一头地，即古来作者恐亦当退避三舍矣！"然而从他们身上，着实难觅帝王学的蛛丝马迹。也许只能这么理解：帝王学崇尚秘传，有人秘传给王闿运，王闿运再秘传给杨度。

不只传授，帝王学的践行，同样见不得光。熟悉王闿运的朋友，都该听说他劝曾国藩造反的故事，不过，在这二位当事人的文字当中，能否找到一丝明证？仔细想来，谋反之事，岂能形诸文字，以作呈堂证供？历史留下的只是传说，而且是王闿运门生弟子的一面之词，只能姑妄听之。

沃丘仲子（费行简）《近代名人小传》云："先生少负奇志，尝说胡林翼以湘鄂自立，徐平发捻，逐清建夏，林翼谢不敏。又说国藩曰：'南洋诸埠，土皆我辟，而英荷据之，且假道窥我。今士犹知兵，敌方初强，曷略南洋以蔽闽粤。'国藩亦谢不敏。"

杨钧《草堂之灵》云："湘绮云，尝与曾文正论事，其时曾坐案前，耳听王言，手执笔写。曾因事出室，湘绮起视所写为何，则满案皆'谬'字。曾复入，湘绮论事如故，然已知曾不能用，无复入世心矣。"

相比劝曾国藩造反，有一则史料，可信度更高。据王闿运之子王代功《湘绮府君年谱》所记："是岁（咸丰十一年，即 1861 年）七月，文宗显皇帝晏驾热河，郑怡诸王以宗姻受顾命，立皇太子，改元祺祥，请太后同省章奏。府君与曾书，言宜亲贤并用，以辅幼主，恭亲王宜当国，曾宜自请入觐，申明祖制，庶母后不得临朝，则朝委裘而天下治。曾素谨慎，自以功名大盛，恐蹈权臣干政之嫌，得书不报。厥后朝局纷更，遂致变乱，府君每太息痛恨于其言之不用也。"

咸丰帝病逝之时，王闿运正在家乡为母亲守丧，曾国藩则率军与太平军激战安庆。是年9月5日（*农历八月初一*），安庆被湘军攻克，自此太平军转入劣势。联系时局，可知曾国藩不理王闿运的提议，不仅是谨慎的问题，而是攻坚战进行到关键时刻，自顾不暇，岂容分心。当然，反观曾国藩平生行事，哪怕不打安庆，他也不会北上冒险。

王闿运为曾国藩献策，还有一节故事。同治三年（1864年），湘军攻陷南京，太平天国覆亡。王闿运去南京拜访曾国藩。王森然《近代二十家评传》云："王闿运会走谒文正于金陵节署，公未报，但遣使召饮。先生笑曰：'相国以我为餔缀来乎？'径携装乘小舟去，追谢不及。"餔缀即餔啜，吃喝之意。王闿运既不为吃喝而来，结合当时南京的政治气氛（*据说湘军将领曾有效陈桥兵变之意，为曾国藩所止*），可知有所图，不幸终究落空。

这三则故事，哪怕第一则系捕风捉影，后二则大体不诬。在此，王闿运的急切与曾国藩的审慎，恰成鲜明对照。话说回来，这二人，怎么看都不像同路人。王闿运恃才放旷，倜傥不群，恭亲王称他"是处士之徒为大言者"；曾国藩的性格，则似诸葛亮，"诸葛一生唯谨慎"，如其用兵，"但知结硬寨，打呆仗，从未用一奇谋、施一方略制敌于意计之外"。王闿运所献的种种奇谋秘计，不是割据东南，就是带兵进京，无外乎教曾国藩行险，以曾国藩沉稳、谦抑的性情，如何能够接受？

屡次游说而不成，王闿运对曾国藩渐生怨念。后来他撰《湘军志》，爱憎毁誉过于分明，大加诋斥曾国藩和湘军，以至"楚人读之惨伤"，曾国藩的九弟曾国荃怒不可遏，"几欲得此老而甘心"，意思是，曾老九竟对王闿运动了杀心。这番风波，以王闿运自承"此书信奇作，实亦多所伤，有取祸之道"，"送刻版与郭丈筠仙（郭嵩焘），属其销毁，以息众论"而告终。可惜还是授人以柄，如冯煦在信中痛骂王闿运："文正当日，凡湘中才俊，无不延揽，而对于此老（王闿运），则淡泊遇之如此，益服文正之知人，然不料此老之末路顽钝无耻至是也。"

不过，有人却盛赞王闿运及《湘军志》，讥讽曾国藩。刘成禺《世载堂杂忆续篇》云："王闿运著《湘军志》，最为曾国藩所恶，其重要处，指曾攘鲍超之功为国荃之功，私于其弟，而真实有功将领，反遭埋没。故曾家延东湖王定安作《湘军记》以驳之。私者，不公，不公者，不实诚。勒方锜曾曰：'涤生最惧人评其不诚，如攻击其学问、文章、功业、措置，皆可坦然自引为咎，谓其不诚，则怀怨不忘，唯王壬秋深知其病。'国藩一生作伪，被王壬秋揭穿，隐恨难言，壬秋亦因此而坐废矣。"

这里有一笔误。《湘军志》作于光绪三年（1877 年）二月，定稿于光绪七年（1881 年）闰七月，曾国藩则于1872 年去世，绝无可能读到此书。憎恶王闿运的乃是曾国荃。然而，尽管王闿运名列曾国藩幕府（薛福成《叙曾文正公幕府宾僚》，共列举 83 人，王闿运在其中），曾国藩不喜欢他，则属事实，其日记所云"文人好为大言，毫无实用者，戒其勿近"，虽未点名，大抵可施与王闿运。至于刘成禺称"壬秋亦因此而坐废矣"，未免小觑了曾国藩的胸襟。

曾国藩去世之后，王闿运挽联云：

平生以霍子孟、张叔大自期，异代不同功，

戡定仅传方面略；

　　经术在纪河间、阮仪徵而上，致身何太早，
龙蛇遗憾礼堂书。

　　这副挽联怎么解读，素来有些争议。我同意陶菊隐的说法，此联皮里阳秋，明褒暗贬，"上联讥其无相业，下联讥其无著述"，暗讽曾国藩立功不成，立言不成，足见王闿运怨念之深。据说，曾国藩长子曾纪泽读罢大怒，斥为妄人之举，一撕了之。

少年入世之王闿运与肃顺

　　王闿运的坐废，无关曾国藩，而与肃顺关系甚大。

　　王闿运与肃顺的故事，《清史稿》之《王闿运传》有载："学成出游。初馆山东巡抚崇恩。入都，就尚书肃顺聘。肃顺奉之若师保，军事多谘而后行。左宗棠之狱，闿运实解之。"《湘绮府君年谱》亦云："肃公才识开朗，文宗信任之，声势烜赫，震于一时，思欲延揽英雄，以收物望，一见府君，激赏之。八旗习俗，喜约异姓为兄弟，又欲为府君入赀为郎，府君固未许也。"

王闿运与肃顺结识于咸丰九年（1859年），其时肃顺任户部尚书，大权在握。他的才识，在同时代的满人当中，的确一流，《清史稿》对他不无微词，却也承认"其赞画军事，所见实出在廷诸臣上"。其人行事，以铁腕著称，处理戊午科场案、户部宝钞案，虽有根治痼疾须下猛药的必要，然而手段未免过于严酷，株连太广，杀孽太重，十足酷吏本色。大体而言，他是权臣，而非能臣，最终败于慈禧之手，恰恰证明了权臣与能臣的差距。

肃顺延揽英雄，以收物望。当时有个说法叫"肃党"，包括三种人，首先是留京公车，其次是京曹官，再次是外吏。所谓公车，即入京应试的举人，肃党当中，正以王闿运和高心夔为代表。后人记述，常有"（肃顺）引王、高为策士，踪迹甚密"、"（高心夔、王闿运等肃门五君子）日夕参与肃邸密谋者也"之语。

肃顺对王闿运的倚重，也许没有达到"奉之若师保，军事多谘而后行"的地步（徐一士指出，《清史稿》之《王闿运传》，取自费行简《近代名人小传》，费氏誉美其师之语，《清史稿》居然照单全收，有失审慎），不过他对王闿运的激赏，与王闿运对他的感恩，在有限而含糊的文字当中——肃顺伏法之后，与其相关的文字，销毁殆尽，甚至其名字都成禁忌——依稀可见。最传奇的一则，如钱基博《近百年湖南学风》所记："一日，为草封事，文宗叹赏，问属草者谁，肃顺对曰：'湖南举人王闿运。'问：'何不令仕？'曰：'此人非衣貂不肯仕。'曰：'可以赏貂。'故事，翰林得衣貂，而闿运嫌以幸门进，不出也。"

王闿运与肃顺的密切关系，引起了其同乡前辈严正基的担忧（王闿运与严正基之子严咸是好朋友）。严氏曾官居通政使，沉浮宦海数十载，也许预见了权臣肃顺的惨淡下场，于是给王闿运写信，"手书诲以立身之道，且举柳柳州急于求进，卒因王叔文得罪，困顿以死，言之深切"。王闿运收信之后，大为感动，借故去往济南。不过未过多久，他即重返北京，回到肃顺身边。随后，便到了王闿运的帝王学大放光彩的一刻：他向肃顺建议，请其上奏皇帝，授曾国藩以东南军政大权。

咸丰十年（1860 年）6 月，清廷下旨，曾国藩以兵部尚书衔署理两江总督，7 月，实授两江总督并任钦差大臣、督办江南军务。这使王闿运意识到，自己的运作竟有如此力量，足以影响千里之外的战局。随之他向肃顺请缨，奔赴前线，建功立业。只是当时谁也不曾想到，这是诀别。

一年后，辛酉政变，肃顺被斩于菜市口。尽管慈禧表示对肃党宽大处理，绝不深究，并把从肃府查抄的书信和账簿一把火烧掉，以安人心，然而作为肃顺的心腹，王闿运等人却不能心安："肃顺既败，乃踉跄归，伏匿久不出。""肃顺败，被目为余党，不敢会试，乃以著述自遣。"

肃顺案是晚清的铁案。慈禧一生，最恨两个人，一是肃顺，二是康有为。以肃顺与慈禧结怨之深，只要慈禧在位，肃党再难出头，不被秋后算账，已经是天大福分。高心夔中年落魄，"年未五十郁郁以殁"，王闿运自绝于仕途，皆与此有关。

作为幕僚、策士的王闿运，先后奉肃顺、曾国藩、丁宝桢等为谋主，这些人中，他对被清廷打入另册的肃顺，反而最具深情，原因不难想见：与肃顺合作，是他最接近权力中枢的一次，是他的纵横志距离实现最近的一次。他一直后悔，咸丰十年（1860 年），英法联军攻入北京，咸丰帝、肃顺等逃往热河，此时他正在祁门大营游说曾国藩，未能与肃顺同行，"使余同行，当受顾命。时必亲贤并用，外徵曾国藩，内用恭王，如此天下翕然，必无垂帘五十年之事也"。肃顺败后，他常为其辩白、申冤。徐一士说，王闿运曾撰《记端华肃顺事》，以白其冤，可惜此文遍寻不见。章太炎被袁世凯软禁期间，曾改王闿运《游仙诗》，有"东华幕客曾谋逆"之句，注云："王为肃顺上客，与谋逆事。谈及清末失败曰：肃顺若在，必不使戚贵横行，自有立国之道，清亡于杀肃顺云。"以"清亡于杀肃顺"，对照"人诋逆臣，我自府主"，王闿运对肃顺的怀念，不止恋恋故人之意。

中年出世

王闿运由入世转向出世、由政治转向学问的时间点，应在 1864 年。不过其契机，埋藏于三年之前，肃顺被诛，肃党余孽惶惶不可终日。在慈禧的恩威并施之下，谁也不敢举荐王闿运，曾国藩、左宗棠等人有心而无力，况且他们未必有心。

1864 年 12 月 26 日，"便循扬淮，北游清苑，将有从宦之志"的王闿运，抵达山东齐河，时值寒冬，冰雪封锁，无法渡河，触景伤怀，赋诗二首。这两首五绝并不怎么出色，诗前小序反而意味深长："十一月，至齐河，濒渡，会夜冰合。船胶，还宿草舍。大雪五尺，人马瑟缩，方坐辕吟啸，傲然自喜其耐寒暑也。俄而悟焉。夫以有用之身，涉无尽之境，劳形役物，达士所嗤，乃自矜夸，诚为谬也。"就个人际遇而论，王闿运齐河之悟，堪比王阳明龙场之悟。后来，为了纪念这一悟，他把自己最重要的诗集命名为《夜雪集》与《夜雪后集》。

与此相应的还有一首《思归引》。从名目可知，此诗意在明志。序云："同治三年冬，余从淮沂将游于燕赵，过桃源之镇，重访石崇旧河，朔风飞雪，優焉而叹，停车裹回，感念而悟。"伫立于齐河漫天风雪之中，他吟诵石崇《思归引》，"悲所志之不遂"，并回顾这些年来的入世历程：

> 余少小钝弱，既冠始学，初览经史，未及该贯。而长沙有山寇之围，自此兵连，奄逾一纪，驰避军间，稍习时事。当世名公卿谬以文词相许，姓名达于六州。颇妄自矜伐，喜谈远略，视今封疆大吏，窃谓过之。值圣朝辟门求贤，开荐举之路，白衣而登大僚盖数十人。余

> 周旋其间，年望相等。虽不必至督抚，其次亦
> 差得之矣。游半天下，未尝困厄，然皆无一岁
> 之留，望望而辄去。虑一牵挂，为智者笑也。

最后一句，近乎开脱。"游半天下，未尝困厄"的背面，则是纵横十载，一无所成。念及石崇的结局，他不由萌生退意："吾生也有涯，而所待者难期。余尝游朱门，窥要津，亲见祸福之来贵贱之情多矣，亦何取身登其阶然后悔悟乎？"

自肃顺败亡那一天起，王闿运大概便开始考虑行藏。历经三年沉潜往复，他终于在齐河雪中，一念菩提。此时他三十二岁，正值大好年华，却决定退隐："归欤！归欤！将居于山水之间，理未达之业，出则以林树风月为事，入则有文史之娱，夫读妇织，以率诸子……"

自此，他归隐衡阳石门，"息影山阿，不闻治乱"，从同治四年（1865年）到光绪二年（1876年），共计十二年。其文学与经学，皆由此而奠基："钞诗、书、易、三礼、二传、尔雅，注书、诗、礼记、春秋、易说、庄子、桂阳州志，分手稿、手书为两箱。"待其出山，气象万千，俨然一代宗师。对此，瞿兑之感慨："观先生年

谱，知其一生学问最得力时为石门归隐之十二年……笺经赞史，皆在是时，而诗境亦自此始益博大。使先生不遇挫折，或尚风尘奔走，未必有此成就。"

福兮祸兮，是耶非耶。

1878年后，王闿运的人生进入一个新阶段。这一年他受四川总督丁宝桢之邀赴川，翌年正式出任尊经书院山长。从尊经书院起步，继而执掌长沙思贤讲舍、衡阳船山书院、江西大学堂等，二十五年间，其一腔心血，尽付教育，终成一代师表，不仅桃李满天下，而且直接影响了中国的学风与士风，间接影响了中国的政局。

"直接"一语，不难理解。尊经书院本来崇尚汉学，王闿运入主之后，引进今文经学，一年不到，风气大开。后世评论道："……主尊经书院，蜀士多鄙啬，王至以经学为训，士风为之丕变。""湘绮主蜀之尊经书院有年，蜀士化之，王学之盛，转在衡湘之上，易世而后，流风余韵，犹有存者……"他在船山书院，影响更大："王教泽所及，以湘之船山书院为最久，其循循善诱转移风气，曾文正死后，推为独步。"

至于"间接"，则待细说。

王闿运归隐之时，洋务运动已经逐步展开。不妨说，从一个人对洋务及列强的态度，大抵可窥见他与时代的关系。不论在偏远的乡村，抑或清寂的书院，王闿运并未隔膜于时代的转型。不过从文章来看，他的确落伍了。他的学问，以春秋学为根基，春秋大义，尊王攘夷，故而其笔下，称列强为"夷"，称洋务为"夷务"。作为一个文化保守主义者，他依然沉浸于中国学问至高至大、至善至美的幻觉之中，如认为西方科技源于墨子："然墨子尤工制器，西海传其学，去其节用、明鬼不便己者，其道乃更东行于中国。"（《墨子校注序》）对基督教与《圣经》进行道德贬斥："祆教妖异，约书鄙陋，兢兢计较，何关损益？"（《陈夷务疏》）不知"克虏伯"为何物，嘲笑"新学鬼话一络流"。

但是，王闿运的学问固然保守，其教育方式却相当开明，海纳百川，有教无类，培养了一大批优秀弟子。尊经书院的学生，包括廖平、宋育仁、杨锐、刘光第等；船山书院的学生，包括杨度、杨钧、刘揆一、夏寿田、齐白石、曾广钧等。这些人对近代中国政治的影响力，怎么高估都不过分，譬如廖平启发康有为写作《新学伪经考》和《孔子改制考》，从而推动了戊戌变法；杨锐与刘光第则直接参与戊戌变法，并为此喋血捐生；刘揆一与黄兴组织华兴会，发起革命；杨度一生七次转向，其中至少有两次，暗中改写了历史的方向……基于此，我们有理由立论，王闿运间接影响了中国政局。

读到这里，也许一些朋友会有异议：王闿运隐居石门，潜心著述，你说是出世，那也罢了，从尊经到船山，传道授业，育人子弟，这怎么还是出世呢？

这的确需要解释一番。王闿运执掌尊经书院期间，依然"危行高谈"，曾劝丁宝桢"经营西藏，通印度、取缅甸，以遏英、俄、法之窥伺，且自请出使以觇夷情"，可惜丁宝桢的生命已经临近尾声，空存壮心，力有不逮。光绪十二年（1886年），丁宝桢病逝于任上，王闿运慨叹："丁之殁，吾志之不行也！""自是不复语大略。"然而这个"志"，我以为并非纵横志，丁宝桢虽贵为一方诸侯，素有千里之志，却难比肃顺、曾国藩等只手便可倾覆天下的"非常之人"，王闿运代他写过奏疏，论说天下大计，不过二人合作的主旨，还是教育。

光绪九年（1883年），王闿运与丁宝桢谈话，丁氏问他仰慕哪位古人，他答：少时慕鲁仲连，今志于申屠蟠。鲁仲连是战国人，以辩才著称，有纵横家风，奔走列国之间，排纷解难；申屠蟠是东汉人，不愿出仕，隐居治学，博贯五经，兼明图纬，王闿运曾为其写过小传："申屠子龙，外黄人，为漆工，七辟不就，挂书树上，初不顾盼，先见党祸，绝迹梁、砀，因树为屋，自同佣人。闿运无斯人确然之操，而好立名誉，读其传，庶几高山仰止之思云。"由此可知，王闿运的答案，应该发自肺腑，此时他的心志，已经回归学问之道。如果把"少时慕鲁仲连"，纵横于政坛，称之为入世，那么"今志于申屠蟠"，隐于山野与学院，治学育人，视之为出世，未尝不可——所谓入世与出世，终归只是相对而言。

晚年玩世

如果把王闿运的学问分作入世法（*帝王学*）与出世法（*逍遥之学*），那么其弟子如杨氏昆仲，杨度继承了入世法，杨钧继承了出世法。唯有这位老师，在入世法与出世法之间进退自如，游刃有余，至晚年，则集二者之大成，名曰"玩世"：他的知识，决定了他不能与时俱进，他的心志，决定了他不愿抱残守缺，只能以这样一种独特的姿态，与世周旋。

王闿运这代人，倘若高寿，势必面临晚节的考验。

垂暮之际，迎来鼎革，改朝换代，山河易色，新旧之间，何去何从？与王闿运同龄的老友，大都选择做遗老，以示有始有终，相形之下，他的姿态反而有些游移。

话说回来，王闿运对清朝，原本谈不上什么忠诚，游说曾国藩起兵造反，岂是忠臣之举？而且，他虽游走于权力场，却未仕清一日。晚年忽逢天恩浩荡，被授予翰林院检讨（1908 年）、侍讲（1911 年）。翰林院侍讲学士是从四品的官，说大不大，说小不小，不过此时距离清朝之亡不足一年，这样的恩宠几无意义。特授之后，王闿运撰联自嘲："愧无齿录称前辈，幸有牙科步后尘。"可知并非十分在意。但是，你也不能说他毫不在乎，光绪三十四年（1908 年），他给人作家传，落款则云"特授翰林院检讨礼学馆顾问湘潭王闿运顿首拜撰"，笔下不无炫耀之嫌。

清朝覆亡，他并不伤心。在他看来，"清廷遂以儿戏自亡，殊为可骇，又补廿四史所未及防之事变，以天下为神器者可以爽然"，所谓以儿戏自亡，是极中肯而严苛的评语。他对新兴的民国亦无好感，譬如称革命党为"寇"、"逆党"，称参加革命为"从逆"。端方暴死，他作挽词云："世事真难料，匆匆蜂虿伤。"蜂与虿，都是毒虫，用以隐喻革命党人，可见观感之劣。袁世凯担任大总统，他感慨时无英雄，有诗云："并无竖子能成事，坐见群儿妄自尊。"后来改作："竖子无成更堪叹，群儿自贵有谁尊？"批判的口气略有弱化，意思还是一般。对于革命党人与袁世凯，他一概称之为"窃国人"。

对旧朝无可哀，对新国无可期，此际王闿运的政治心理，只能名之"孤悬"。这绝非一种理想状态。他在致友人信中叹息："我等以专制受累，复以共和被困。其不自由，由不能自立也……独立不惧，乃真独立。立则难言，不惧其庶几乎。"从中不难读出迷惘与苦痛。

明确了这一点，再来谈王闿运晚年的出山之举。一应疑云和争议，皆可迎刃而解。

1912年，王闿运便收到袁世凯请其出山的邀约，"正欲送女往北，怯于盘缠，即欣然应之"，不管是不是借口，反正他动心了。有人投诗劝阻，"以莽大夫相规，诚为爱我"。两天后，他改北行为东行，到上海与樊增祥、沈曾植等老朋友相会去了。这自是稳健之举。当时民国肇兴，前程未明，还需观望风色。

直至1914年3月，王闿运才决定应袁世凯之聘，以耄耋之龄进京担任国史馆馆长，是谓"晚年作公卿"。这背后，应出自杨度的大力鼓动，他既鼓动袁世凯聘请王闿运，同时鼓动老师北上为袁世凯站台。对此，叶德辉视为王闿运一生最大的污点，王氏死后，其挽联无比刻薄："先生本自有千古，后死微嫌迟五年。"早死五年，即死于1911年前，即可功德圆满，成为一代完人。陈散原作诗讽之："名留倾国与倾城，奇服安车视重轻。已费三年哀此老，向夸泉水在山清。"其意与叶德辉同，即批评王闿运晚节不保。

叶德辉与陈散原都是清朝遗老，晚节可谓他们的立身之重。不过，王闿运已经明言，对清朝"无可哀"。号称"余与民国乃敌国也"的郑孝胥，作诗嘲讽名列"筹安六君子"的严复，顺道损了王闿运一句："湘水才人老失身，桐城学者拜车尘。侯官严叟颓唐甚，可是遗山一辈人？""湘水才人"即指王闿运。王闿运则自语："余未仕前清，登西山不用采薇。"言下之意，无须为清朝守节。

那么，王闿运此行，到底什么目的呢？他已过八十，年寿无多，不在家乡养老，反去北京凑热闹。当时一些朋友和弟子，并不赞同他北上就职，推测其情由，首先还是考虑晚节问题，其次担心袁世凯一代枭雄，不宜共事，章太炎被软禁的遭遇，发生不久，可为前车之鉴。

友朋出主意，建议他一到湖北，便以病告归，这样既保清名，且不得罪袁世凯，可谓两全之举。王闿运则答，见到袁世凯之后，再辞不迟，"如用吾言，或能救世，今干戈满眼，居此能安乎"，看来还是有所期盼。吴熙赠他的祝寿联云："献策即还山，文中子门墙有诸将相；投竿不忘世，周尚父耄耋为帝王师。"半贺半讽，后一句正道出了王闿运的心思。

不过，观察王闿运此后一年的行止，却属"一点都不正经"，充满玩世气息，全程近乎喜剧，一路都是段子。这正符合他一贯性情。有人以此为王闿运辩解，称他根本不把国史馆馆长当回事，而且早已识破袁世凯帝制自为的野心，谈笑之间，玩弄窃国者于股掌之上。

救世与玩世，两种说法，都有道理。结合起来，恰可见王闿运的心态：观望。与此前的孤悬，遥相呼应。

我以为王闿运此行的意图，正取决于袁世凯怎么对待他：若尊为国师，倚重其"雄才伟略"，他便唱正剧；若奉为耆儒，倚重其"硕学大德"，他便唱喜剧。

王闿运初见袁世凯，便确定了这出戏的唱法。袁世凯请王闿运出山，企图借重他在文坛和儒林的一时之望，而非其胸中的帝王学，故待他以文士，而非帝王师。二人初见，"谈久之，无要话，换茶乃出"。袁世凯"无要话"，虽令王闿运失望，却也是一种解放。他就此耍起了名士风范，狂奴故态，放诞开来。日记当中一口一个"袁世兄"，倚老卖老，视总统如玩物。对外则装疯卖傻，嬉笑怒骂，诸如称新华门为"新莽门"、讥嘲国史馆"民既无国，何史之有？惟有馆耳"，"瓦岗寨、梁山泊也要修史乎"，以女仆周妈为挡箭牌和护身符等，正应了章太炎的评语："不意八十老翁，狡猾若此！"

他以袁世凯的长辈自居，张口"世兄"，闭口"年侄""老侄"，可谓一种权术，即把出任国史馆馆长之举，由公家事变成私家事，如杨钧所强调的那样："湘绮之去，实应年侄之招，非就总统之聘。"这固然是为其师开脱，却也反映了王闿运的玩世心理。

最后辞职，亦以家事为由。是年11月，政府发文整饬官眷风规，王闿运趁机脱身。这一封辞呈，名目甚长："呈为帏薄不修妇女干政无益史馆有玷官箴应行自请处分祈罢免本兼各职事"，所谓"帏薄不修妇女干政"，即指周妈而言："闿运年迈多病，饮食起居需人料理，不能须臾离女仆周妈。而周妈遇事招摇，可恶已极，至惹肃政史列章弹奏，实深惭恧。上无以树齐家治国之规，内不能行移风易俗之化，故请革职回籍，以肃风纪。"

不待袁世凯批准，他便把国史馆印交给杨度，悄然而去。王闿运行事，一向杀伐果断，绝不拖泥带水，一见事不可为，立即高翔远引。当年游说曾国藩如此，而今执掌国史馆亦然。这正是他的生存智慧。若要寻一个名目，可称之为"逍遥"。杨度挽王闿运，称其师"旷古圣人才，能以逍遥通世法"，可为注脚。

王闿运的逍遥之学，一般认为源自庄子，他把老、庄割开，援庄入孔，以道家释儒家，可谓其解经的一大特色。不过，我觉得他的逍遥，未必全然出自庄子，他的进退，尤其是退，取决于对时势的明察，如老吏断狱一般。刘成禺说："湘绮入世，貌似逍遥，实则处处留心，丝毫不苟也。"不苟到什么程度呢？袁世凯称帝之际，他给杨度写信，除了劝其急流勇退，还特地叮嘱，"各长官皆有贺表，国史馆由弟以我领衔可也"，这是第一种情形；"如须亲身递职名，我系奉命遥领者，应由本籍请代奏，不必列名也"，这是第二种情形；"若先劝进，则不可也"，这是第三种情形。其虑事之周详，分寸拿捏之巧妙，即使老于世故之辈，不过如此。

关于不苟或认真，还有一事。王闿运执掌国史馆期间，有人问："中兴人物，先生皆及见之；今之人材，何如曩日？收拾时局，有其人否？"他答道："彼时人物，事无大小，皆肯认真；今之人物，聪明过之，认真二字，则非所有。收拾时局，未之敢信。"当时以为名言。

"不苟"，还可以引申为不苟且。"若先劝进，则不可也"，摆出了底线。底线之上，如递贺表，顺水推舟，不妨应允；底线之下，如上劝进书，关系名节，则不可为。纵观王闿运一生行事，极有分寸感，虽常事权贵，绝不摧眉折腰，涉及人格，绝不妥协。西美尔说：最高境界的处世艺术是不妥协却能适应现实，极端不幸的个人命运是尽管不断妥协却无法达到现实的要求。前者适用于王闿运，后者适用于杨度。

"不苟"的背后，则是心地光明如雪。汪辟疆论王闿运生平："数十年耆宿名儒，少年为诸侯上客，晚岁乃奔走道途，终身抑塞磊落……"我非常喜欢"抑塞磊落"这四个字。就帝王学而言，王闿运一生"抑塞"，然而壮志难酬，犹能"磊落"，正见胸怀旷达。

再说王闿运辞职，真正原因，应是那句"予不躬逢盗国"。"盗国"指袁世凯复辟帝制。尽管袁世凯称帝要等到一年之后，但他的野心早已昭然若揭。对"袁世兄"此举，王闿运并不看好，而且关系底线，"为避免在京称臣之嫌"，遂作金蝉脱壳。

1915 年 12 月 12 日，袁世凯称帝，改中华民国为中华帝国。翌日，王闿运分别给杨度和袁世凯写信，可视为他对这个"满地干戈起荆棘"的国家的最后忠告。致杨度信云：

> 皙子仁弟筹席：谤议发生，知贤者不惧，然不必也。无故自疑，毫无益处。欲改专制，而仍循民意，此何理哉？尝论"弑"字，字书所无，宋人避居而改之，不知不可试也，将而诛焉，试则败矣。既不便民国，何民意之足贵？杨叔文尝引梁卓如之言云："民可则使由之；不可亦使知之"，自谓圆到，适成一专制而已。自古未闻以民主国者，一君二民，小人之道，否象也。尚何筹安之有？今日将错就错，不问安危，且申己意，乃为阴阳怕懵懂。……弟足疾未发否？可以功成身退，奉母南归，使五妹亦一免北棺之苦乎，抑仍游翲毂耶？相见

有缘，先此致复。

"欲改专制，而仍循民意，此何理哉？""既不便民国，何民意之足贵？"都是警世之言。"足疾未发"，借鉴袁世凯故事，提醒杨度，朝廷杀机四伏，须早作退身之计。

致袁世凯信云：

> 大总统钧座：前上一笺，知荷鉴察。筹安参议，理宜躬与，缘天气向寒，当俟春暖。三殿扫饰事，已通知外间。传云四国忠告，殊出情理之外，想鸿谟专断，不为所惑也。但有其实，不必其名，四海乐推，曾何加于毫末？前已过虑，后不宜循。既任天下之重，亦不必广询民意，转生异论也。若必欲筹安，自在措施之宜，不在国体。且国亦无体，禅征同揆，唐、宋篡弑，未尝不治。群言淆乱，何足问乎？……

徐一士说，王闿运致杨度那封信"或庄或谐，若嘲若讽"，不过我读起来，却觉得情深义重，并无嘲讽之心。致袁世凯这封信，才配得上那八字。"国亦无体，禅征同揆，唐、宋篡弑，未尝不治"云云，岂止嘲讽呢，简直直接打脸。此信由其弟子陈毓华代呈，后被陈扣下，否则袁世凯看到，怕是要气愤填膺。

据说，作罢书信，王闿运叹道："天下大乱，必自此始矣。"

福泽谕吉：一个国家的启蒙老师

马国川

　　福泽谕吉和中国近代的多位著名知识分子相像：第一个睁眼看世界，他像中国的魏源；翻译西方经典引进西方文明，他像中国的严复；办报纸开启民智，他像中国的梁启超；办大学作育人才，他像中国的蔡元培。可是，这些中国的"雁奴"没有一位像福泽谕吉一生完成那么多事业，也没有人像福泽谕吉那样在生前看到自己国家的光明。

福泽谕吉是日本家喻户晓的人物，因为面额最大的万元日币上，印的就是他的头像，面色严肃，目光坚毅。因此有时候人们也将一万日元直接叫作"福泽谕吉"或者"谕吉"。

纵观福泽谕吉一生，既不是高官显贵，也不是富豪大贾，只是一介书生。他身后所遗也只仅一所大学和二十二卷文集，为什么在去世一百一十五年之后还能够获得如此尊崇的地位？

"一个伟大的思想家远比政治家重要得多，因为比起政治来，思想更持久，更有历史穿透力。"一位日本教授说，"福泽谕吉因是这个国家的启蒙老师，他的思想改变了日本的历史走向。"

一

　　福泽谕吉出生于 1835 年，当时日本正处于德川幕府
统治的江户时代。福泽谕吉小时候，身处武士阶级的父
亲曾多次说，长大后要送他到佛寺当和尚。在讲究"士
农工商"的日本社会，武士是最高阶级，为什么父亲要
儿子出家呢？直到成年之后，福泽谕吉才知道父亲的良
苦用心。

　　江户时代是日本封建社会最完善的时期，也是制度
板结的时期，"就如同一切的东西皆井然有序地放在箱
子里一样，经过几百年都没有动"。福泽谕吉晚年在回忆
录中说："生在大臣之家即为大臣，生在兵卒之家即为兵
卒；子子孙孙，大臣永远是大臣，兵卒永远是兵卒，中
间的阶级亦然，不管经过多少年，丝毫没有改变。"

　　福泽谕吉的父亲是一个低级武士，虽然饱读诗书，
但是只能屈身做一个下级俗吏，一事无成，他认为儿子
不管怎么努力，也无法功成名就，而当和尚则不同，一
个平凡的鱼贩子的儿子，也可以当上最高阶的僧官。

　　父亲早逝，福泽谕吉没有当和尚，而是世袭了父亲
的身份，成为家乡中津奥平藩（**现为九州大分县中津市**）

的一个武士，佩带长短两把武士刀。走在大街上，工商农人都要低头为他让路。但是，这位生性不安分的年轻人期望着离开门阀制度严苛的家乡。

从地图上看，中津地处日本西南地区，远离京都和东京，在当年显然属于边远地区，闭塞沉闷，局促狭隘。不过，在福泽谕吉十九岁的时候，美国军舰来到江户的消息传到了西南一隅。

这一年，幕府与美国签订《日美亲善条约》。至于西边的大清王朝，《南京条约》彼时已届满十二年，英法美公使要求修约，办理外交事务大臣、两广总督叶名琛抱着"接触愈少，麻烦愈小"的宗旨避而不见，并向咸丰帝建议，对付外国人"惟有相机开导，设法羁縻"。

福泽谕吉不知道这些信息，但是这位年轻人敏感地捕捉到鼓荡而来的新时代气息，于是走出家乡，横跨九州岛，来到长崎。因为地理位置原因，早在十七世纪就有荷兰商人居住在长崎港口。进入十九世纪，这里更成为得风气之先的地区。在这里，福泽谕吉边工作边学习荷兰文。一年后，他又长途跋涉到大阪求学。

二十三岁时，福泽谕吉来到江户（现东京），在一个兰学塾里教授荷兰学。这个小书塾就是庆应大学的前身。

福泽谕吉很自负，因为发现自己掌握的荷兰学不比江户的学者们差。但是第二年他到刚刚对外开放的横滨观光时，却听到了另一种完全不懂的语言。意气风发的福泽谕吉如同被迎头泼了一盆冷水，心灰意冷。

"现在我国正缔结条约，逐渐开放门户，因此，以后一定要学习英语。"福泽谕吉后来这样描述自己当年的心情，"作为一个西洋学者，若是不知英语是行不通的。"他发奋图强，开始自学英语。

二

一个难得的学习机会到来了。1860年，为了交换《日美修好通商条约》的批准文本，日本派遣使团赴美国。当时航行到外国被视为拿生命当赌注，可是福泽谕吉自告奋勇，要求作为舰长的随员到美国，被顺利接受。

自黑船来航、日本人首次看到蒸汽船仅七年，开始学习航海也才五年，就派出自己的军舰独自横渡太平洋，这是日本开天辟地以来首次的大事业，超过郑和下西洋在中国历史上的意义。环顾当时东亚各国，没有一个国家在这么短时间里就敢于横渡太平洋。

美国的欢迎盛况空前。或许美国认为佩里到日本要求门户开放，如今日本航行来到美国，仿佛看到自己的学生一样。脚穿草鞋、腰间佩带两把武士刀的日本使者走在异国的土地上，不可避免地闹出许多笑话。

虽然福泽谕吉已经在书上了解了很多美国的事物，但还是受到了文化差异的震撼。在《福翁自传》里记载了这样一件事情：

> 我随口问道："华盛顿的子孙目前情形如何？"那个人冷淡地回答说："华盛顿应该有个女儿，我不知道她现在做什么事，大概是某人的妻子。"我对他的冷淡态度觉得很奇怪，虽然我早就知道美国是共和国，总统是四年一任，但是我认为华盛顿的孙子一定是一个重要人物。在我心里，我视华盛顿为日本的源赖朝、德川家康等开国豪杰，因此我提出这个问题，没有想到却得到这样的回答，我只觉得太不可思议了。

在日本，几乎没有人不知道德川家康的子孙，但是美国人却不关心华盛顿的后代们。此事给福泽谕吉很大的思想冲击，因此四十年后仍然记忆犹新，将此事郑重地写进自己的回忆录。

在美国，福泽谕吉一心一意钻研英语，还购买了一本《韦氏大辞典》带回国内——这是日本首次进口英文词典。咸临号舰长在美国买了一把黑色洋伞作为纪念，想带回国内在街头风光一下。福泽谕吉劝他，千万不能在江户大街上炫耀，否则有可能被浪人袭击。

福泽谕吉的担心不是多余的。赴美之前，他已经观察到社会的动荡不安。就在福泽谕吉回国前半月，主张与外国签订条约的幕府宰相井伊直弼在江户城樱田门外被浪人暗杀。

在一个国家向现代国家转型的过程中，一批知识分子到欧美国家亲眼观察至关重要。因为如果不直接地观察对比，仅仅通过阅读了解，常常是隔靴搔痒，甚至走向极端。美国之行，让福泽谕吉大开眼界，思想一新。

另一位知识分子吉田松阴就没有福泽谕吉这样幸运。在福泽谕吉赴美的六年前，比他年长五岁的学者吉田松阴借佩里到日本之机，与门生偷渡上美国船，请求带其出洋，结果被幕府以违反锁国令入狱一年。出狱后，吉田松阴宣扬"尊王攘夷"思想。当福泽谕吉归国之时，吉田松阴已经因为试图推翻幕府被处死。

幕府的镇压行为激起更强烈的反弹。幕府的宰相（日本称为"老中"）井伊直弼在江户城樱田门外被浪人暗杀。政局动荡，攘夷浪潮汹涌，日本就像一艘小船在万丈汪洋里漂荡起伏，让有识之士忧心忡忡。

三

归国后，福泽谕吉不管外界的政治风浪，安心研读英文书籍。当年，他就将在美国购买的汉语和英文对译本词汇集《华英通语》加入日语译文，作为《增订华英通语》出版。这是福泽谕吉最早出版的书籍。

那时，福泽谕吉还受聘于幕府的外交部，主要工作就是翻译外国公使、领事或幕府大臣的书信。有意思的是，当时日本国内没有人看得懂英法等国的文字，因此，外国公使领事寄来的文书一定附上荷兰译文。福泽谕吉英语水平由此精进，他也渴望能够到欧洲亲眼看一看。

1861年冬天，日本派使节到欧洲各国，福泽谕吉作为随员参加使节团赴欧洲。福泽谕吉急于了解欧洲的各种制度，包括银行制度、医院制度、征兵制度、选举制度，等等，像一个饥饿的人扑在面包上。

尽管来到国外，幕府还是在使团中安排人监视，尽量禁止团员接触外国人。读洋书的福泽谕吉当然更是"问题人物"，外出参观必定有监视员跟随。这种把锁国政策搬到国外的做法，并非日本独有。

当时英国天下太平，保守党和自由党却各持己见，为政治问题吵架。福泽谕吉感到迷惑，"两人明明是敌人，却同在一张餐桌上吃饭喝酒，究竟是怎么回事"？

最后，他终于慢慢理解到，和东方国家结党营私、你死我活的帮派斗争完全不同，这是一种全新的政党制度。

此行将近一年，周游欧洲列国，福泽谕吉大开眼界。特别是在伦敦，他惊讶地看到一份报纸批评驻日公使对日本傲慢无礼，深受触动，"我阅读此文之后，心中如同放下一块大石。原来世界上不尽是恶人。我们平时所看到的，尽是外国政府的恶形恶状，他们趁日本尚未进入文明开化之国，往往仗势欺人，故意挑剔日本人的小毛病，让日本伤透脑筋。如今我来到他们的国家，亲眼看到其国也有光明正大、处处为别人着想的人士，令我越加坚定素来所持的开放门户走进国际社会的理念"。

离国之前，日本岛内攘夷论高涨，外交上破绽百出。在俄国双方谈判库页岛的疆界问题，日本使节拿出地图说，"你瞧，地图颜色是这样的，因此疆界应该如此"。俄国人说，"如果地图的颜色能够决定领土，那么把这张地图全部涂成红色，全世界将变成俄国的领土"。陪同的福泽谕吉感到可笑，深知攘夷论只能导致国力积弱。他想到日本的前途，不禁悲从中来。

回到国内的福泽谕吉悲哀地发现，日本的攘夷论正如火如荼地展开，局面几乎不可控制。更恐怖的是，暗杀之风兴起，世间杀气腾腾。

四

1860 年以后，仇恨外国人的风气在日本蔓延开来。那些年轻气盛的武士暗杀外国人，与外国人打交道的日本人也被仇恨。腰插武士刀的浪人们充斥街头，四处寻找卖国贼。在他们看来，凡是与外国沾边的都有卖国嫌疑。

与外国人做贸易的商人关起了门，讲西方学问的洋学者的处境越来越危险，随时都要注意自己的安全。因为在自诩为爱国者的浪人们的眼中，那些读外国书、喜欢谈论欧洲文化制度的人，当然都是崇洋媚外的卖国贼，人人得而诛之。

在排外之时，仇视手无寸铁的学者，似乎并非日本所独有的现象。这一方面固然说明了那些高举爱国旗帜者的愚蠢和非理性，另一方面也说明了他们的卑怯。他们不敢向那些掌权者叫板，正如鲁迅所说，"怯者愤怒，却抽刃向更弱者"，以此表明自己的爱国勇气。

一位受聘于幕府的翻译官，无意中提到外国事物，被青年武士提刀追杀，跳进冰冷的护城河中才幸免于难。另一位翻译官的家被浪人破门而入，他从后门匆忙逃出，才捡回一条老命。

福泽谕吉倍感恐惧，这两位都是他的同窗好友。因为他知道，面对这些凶残乖戾的"爱国者"，无论如何退避都无法让他们满足，只有丢掉洋书，向他们低头道歉，与他们一起高唱攘夷论高调，甚至比他们更激进地提刀追杀洋学者才能让他们满意。

福泽谕吉无法终止自己的思想，只能谨言慎行。在身份立场不明的人面前，他绝不谈论时事。他家中的棉被橱内的地板特意设计成可掀起式，以防遭人暗杀时可以从地板下逃走。不得不外出旅行，就编一个假名，行李上也不敢写福泽两字。他后来回忆时自嘲道："那样子就好像逃亡者避人耳目，或宛如小偷四处逃窜一般。"

福泽谕吉并没有过虑。事实上，他几次遭遇险情。因此，在长达十二三年的时间里，福泽晚上从不外出，而是安心从事翻译工作。通过海外游历，他敏锐地察觉到了未来世界的潮流是积极引入西洋文明，痛感在日本普及西学的重要。于是，他根据其书籍和参访笔记，执笔写下了十卷本的《西洋事情》，全面介绍西洋地理、兵法、科技、航海等知识。

在这部呕心沥血的著作里，福泽谕吉不只是介绍欧洲事物而已，而且独具匠心地翻译引入了许多现代名词，包括政治、税法、国债、纸币、博物馆、蒸汽机等等。

这些新鲜的词汇给日本人打开了一扇观察和思考世界的窗口，启迪了无知的社会对先进文明国家的认识。

值得一提的是，后来这些名词也传入了中国，融入了中国词汇，至今仍然在使用。

1866年《西洋事情》出版，数年间发行二十五万部。忧国爱民的人士，几乎人人一部，把它当作金科玉律一般看待。后来，《西洋事情》等被文部省指定为教科书。

一方面埋头翻译著述，一方面教书育人。让福泽谕吉高兴的是，洋学生也逐渐增多。学生们在庆应义塾研读美国的原版英文书，学习西方知识，毕业之后当老师，将新的知识带到了日本各地，也将福泽谕吉的思想传播开来。

从西南一隅，到国家的政治文化中心，从下级武士到闻名全国的教育家。就这样，一位启蒙思想家走上了历史的舞台。

五

在1862年赴欧途中，福泽谕吉曾对朋友说："其实我的愿望是，一年领两百大袋的米粮，身为将军的顾问，大力鼓吹文明开国，大刀阔斧地改革各种制度。"但是到了1867年，福泽谕吉的政治观已经发生了巨大的变化。他对知己好友说："不管怎么说，一定要打倒幕府。"

福泽谕吉虽然受雇于幕府，却从来不想拥护幕府。当时日本举国都是攘夷论，只有德川幕府看起来像是主张开国论。可是在福泽谕吉这个一生最讨厌闭关自守的学者看来，幕府官员全是守旧分子，完全没有门户开放与自由主义的思想。

专制政权越到统治后期，越敏感多疑，残暴无义。有一位官员在家书里有一句"目前国家局势令人担忧，一切有待明君贤相出"的话，被密探举报眼里没有幕府大将军，意图谋反，被迫切腹自杀。

福泽谕吉不肯拥护幕府，对拥护天皇的"拥皇派"同样保持怀疑。因为"拥皇派"同样排外，甚至宣称"即使日本破坏成焦土，也要彻底攘夷"。

福泽谕吉环视全国，没有一个可以与之交谈者，只好自求多福，一方面坚定开放门户的立场，另一方面埋头翻译著述，倡导西方文明。他的书被守旧人士抵制，却成为社会上的畅销书。

1868 年初，政府军开进了江户城。幕府被推翻，但是社会秩序还没有恢复。盱衡当时社会，德川幕府所办的学校已经垮台，连老师也行踪不明，只有庆应义塾依旧书声琅琅，弦歌不绝。

"不管世上如何动乱，我们绝对不让洋学的命脉断绝。"福泽谕吉坚定鼓励青年学生说，"庆应义塾一天也不停课，只要庆应义塾还存在一天，大日本即是世界的文明国。我们不在乎世间的变动。"

在兵荒马乱之际，庆应义塾的学生却越来越多。1868 年 5 月上野发生大战，江户城内几乎全部歇业。在炮声隆隆中，福泽谕吉坚持上课，用英文讲经济学。课下，学生们爬到屋顶观看一公里外的炮火。

政治秩序稳定下来，明治政府下达征召令，福泽谕吉托病不肯出仕。后来政府又要他负责政府的学校部门，也被婉言拒绝。

福泽一生最重视的就是人格独立，"让全国人民了解诸国独立自主的精神，我认为必须有人以身作则成为人民的楷模。一国的独立自主来自于国民的自立之心，若举国皆带着古来的奴隶劣根性，那么国家如何维持？我认为不能再犹豫了，自己要以身作则，不在乎别人的想法，自己走自己的路，绝不依靠政府，也不拜托官员"。

福泽谕吉认为，在富国强兵、为最大多数人民谋求最大幸福方面，东方诸国明显落后于西方国家，原因就在于教育。"我于日本戮力于提倡洋学，是想办法让日本成为西式文明富强之国。"

庆应义塾越发成为青年学子们的向往之地，学生人数不断增多。当时日本甚至出现了"文部省在竹桥，文部卿在三田"（庆应义塾在三田）的说法。福泽谕吉每日在学校里巡回，爱校如家。

时至今日，庆应大学里"先生"还是福泽谕吉的专称。一般师生间的称呼为"某某君"，只有创始人福泽谕吉被称为"福泽先生"。每年2月3日（福泽谕吉的忌日）被称为"雪池忌"，校长带领师生为他扫墓。

六

对于明治维新，福泽谕吉一开始持怀疑态度。后来当他看到政府渐渐走向文明开化的康庄大道，才改变了认识，更加致力于社会启蒙。

"天不生人上之人，也不生人下之人。"在一篇文章里福泽谕吉这样写道。这篇写于1872年的文章名为《论人与人平等》，风行天下。此后的四年里，福泽谕吉先后写下十七篇文章，抨击封建社会的身份制度，提倡自由平等、婚姻自由等先进思想。

福泽强调"一人之自由独立关系到国家之自由独立"，而要达到个人的自由独立，就必须要具备数学、地理、物理等现代科学知识。他吸收西方的社会契约论，提出要使国民和政府的力量相对均衡。他肯定人民为国家主人，同时号召人民奋发图强，使日本文明追上先进国家。

1875 年，这些文章结集为《劝学篇》出版，在当时的日本几乎人手一本，影响了整整一代人。

在东方国家转型过程中，几乎都遭遇了文化碰撞，"国家到底向何处去"也是这些国家的知识分子面临的同样问题。中国和日本的知识分子分别交出了自己的答案。

在出版《劝学篇》的同一年，福泽谕吉也出版了对日本走上现代化道路产生深远影响的《文明论概略》，回答了"日本文明向何处去"的时代命题。福泽谕吉认为，一国文明程度的高低，可以用人民的德智水准来衡量，并且深入比较了日本文明、中国文明和西洋文明。福泽谕吉断定，西洋文明为当时的最高文明，日本落后于西方，所以极力主张日本挣脱儒佛教主导的东亚文明的束缚，努力学习西洋文明。"干脆趁势打开更大的窗户，让西方文明诸国的空气吹袭日本，将全国的人心彻底推翻，在远东建立一个新文明国，使日本与英国并驾齐驱，东西遥相呼应。"

二十三年后，在戊戌变法的风云中，湖广总督张之洞出版了同名著作《劝学篇》，在中国风行一时。对于

"中国文明向何处去"的问题，张之洞提出的答案是"中学为体，西学为用"。在他看来，有关世道人心的纲常名教，不能动摇，工商学校报馆诸事可以变通举办。他主张在维护君主专制制度的前提下接受西方资本主义列强的技艺，并以这种新技艺"补"专制旧制之"阙"。

在国门被迫打开五十多年后，中国主流知识分子的认识依旧停留在"中体西用"的认识水平上。黑船来航二十三年后，日本就产生了呼吁民主自由的福泽谕吉。两相比较，怎能不令人扼腕叹息！

福泽谕吉的观点被讥讽为"全盘西化"观点，至今仍然受到中国学者的诟病和嘲笑。但是知人论世，在当年日本极端保守的思想环境下，这种决绝的思想确实起到了打破思想束缚、引入现代文明的作用。由于历史文化、地理环境等因素的客观制约，"全盘西化"是断然不可能的，可是"取法乎上，仅得其中"，福泽谕吉的主张至少在策略上是成功的。一百多年后的今天，日本被公认为融入世界文明、同时又保存文化传统最好的东亚国家。

七

福泽谕吉高兴地看到，维新政府不断推出新的改革措施。他发起一大宏愿，"要靠三寸不烂之舌和一介文人之笔来推动社会启蒙"。

1873 年，日本历史上第一个合法的研究传播西方民主思想的学术团体"明六社"（因发起于明治六年而得名）诞生了。这是一个由一批思想、立场相同的著名知识分子和官员组成的启蒙组织，福泽谕吉是其中的重要成员。他和明六社的朋友们一起以"开启民智""文明开化"为己任，积极传播西方先进思想，发表了大量影响巨大的有关论文，还翻译出版了二十多部介绍民主、共和、自由、平等、法治思想的西方书籍，启迪了一代人心。

然而，两年后《明六杂志》被迫停刊，"明六社"也自行解散。因为明治政府颁布"报纸条例""演说取缔令""集会条例"等，对言论采取严厉的管制措施。不过，明治政府并没有、也不可能控制一切，社会仍然有一定的言论空间。福泽谕吉就不断地写文章评论政治。

1879 年，福泽谕吉在报纸上发表《国会论》，阐述日本开国会的理由。文章连载一周，天下舆论沸腾。不但其他各家报纸议论喧哗，乡下地方也波涛汹涌，最后甚至地方的有志之士都到东京请愿开国会。

随着快速近代化，日本社会形势不断变化，政治商业变动不居，因见解的不同而造成敌我分明，对立激烈。福泽谕吉认为，在这个时节最需要有一个不偏不党的言论平台，发表公正持平之论。"我在心里自问自答：现在日本国内，能够经济独立，文思俱佳，本身对政治、商业没有野心，又能超然物外的，舍我其谁？"

就这样，福泽谕吉创办了《时事新报》（日本《产经新闻》的前身），他确定的办报方针是"独立不羁"，遵循不偏不倚的立场。福泽谕吉说："凡与此精神不悖者，无论是现任政府、诸多政党、各工商企业、各学者团体，不论对方是谁，我们都将其作为朋友相助。若是违背此精神者，亦不问谁，皆作为敌人而排斥之。"

福泽谕吉亲自撰写社论，评论时政，察人之所未察，言人之所未言，引导社会舆论。1885 年，他在《时事新报》发表"脱亚论"，主张日本"所奉行的主义，唯在脱亚二字。我日本之国土虽居于亚细亚之东部，然其国民精神却已脱离亚细亚之固陋，而转向西洋文明"。福泽谕吉呼吁说："我国不可狐疑，与其坐等邻邦（**中国、朝鲜**）之进，退而与之共同复兴东亚，不如脱离其行伍，而与西洋各文明国家共进退。"

这篇文章在日本影响深远，被认为是日本思想界对亚洲的"绝交书"。它也在中国、朝鲜引起强烈反响，至今中国对《脱亚论》的主流看法仍然持批判态度，认为福泽谕吉对亚洲邻国持轻蔑态度。

其实，真正完整读过《脱亚论》的人并不多。细看全文就知道，人们在很大程度上误解了福泽谕吉。因为福泽谕吉看不起的是中国与朝鲜的不思进取、抱残守缺（**这在当时不是事实吗？**），他希望的是"这两个国家出现有识志士，首先带头推进国事的进步，就像我国（**日本**）的维新一样，对其政府实行重大改革，筹划举国大计，率先进行政治变革，同时使人心焕然一新"。

八

福泽谕吉倡导"学者雁奴论"，认为学者应该做"雁奴"。所谓"雁奴"，就是群雁夜宿于江湖沙渚中，千百只聚集在一起。其中较大的安居中央，较小的在外围司掌警戒的工作，防御狐或人类前来捕获它们。这些从事警备的，称为"雁奴"。福泽谕吉终生以一只雁奴自任，并以此为荣。

在中国近代史上，也不乏这样的"雁奴"。那些思想先进的知识分子和福泽谕吉一样，努力推动国家进步。

看其事业，福泽谕吉和中国近代的多位著名知识分子相像：第一个睁眼看世界，他像中国的魏源；翻译西方经典引进西方文明，他像中国的严复；办报纸开启民智，他像中国的梁启超；办大学作育人才，他像中国的蔡元培。可是，这些中国的"雁奴"没有一位像福泽谕吉一生完成那么多事业，也没有人像福泽谕吉那样在生前看到自己国家的光明。

到十九世纪的最后一年，也就是明治维新三十二年之后，日本经济繁荣，工厂遍布，制定宪法，开设国会，成为亚洲第一个宪法国家。日本越来越被欧美国家认可，治外法权等不平等条约也逐渐废除。

这一年，福泽谕吉完成了回忆录《富翁自传》。回顾一生，六十六岁的老人颇感欣慰，并无遗憾，这个一生以启蒙为己任、"希望能将我国国民引导向文明之国迈进"的思想家说，他的一大理想就是"全国男女的气质日益高尚，不恧成为真正文明进步国家的国民"。

在福泽谕吉写作自传的那一年，中国北方的义和团运动正在如火如荼。中国"爱国者"们像当年的日本浪人一样，仇视外国人，把怒火撒向本国同胞。或许正是有鉴于此，福泽谕吉在《富翁自传》里特意提到了中国的未来："纵观今日中国的情势，我认为只要清政府存在一天，中国就无法迈向文明开化的大道。换言之，必须彻底推翻这个老朽的政府，重新建立新的国家，人心才能焕然一新。不管清政府出现多少伟大的人才，或是出现一百个李鸿章，都无法进入文明开化之国。要使人心焕然一新，将中国导向文明之国，唯有推翻清政府，此外别无他途。"

那么，一旦推翻清政府，中国是否能够像明治维新那么成功呢？福泽谕吉的回答是："谁也不能保证。不过，为了国家的独立自主，无论如何一定要打倒清政府。中国人所要的，究竟是国家的政府，还是政府的国家？我想中国人自己也很清楚。"

1901年，福泽谕吉去世。十年之后，清政府终于被推翻。可是，希望的曙光并没有升起，中国还要在现代化的道路上艰苦跋涉。

编后记

在出版界和报业从事编辑工作多年，每天的阅读中，有许多意境阔远、独抒性灵的文章跳脱出来，却往往由于不符合图书选题或报刊版面的需要而最终割爱，殊为遗憾。最近这些年我所供职的《作家文摘》是一份内涵丰富、偏重文史的文化类报纸，拥有一支视野开阔、眼格精准的编辑队伍，茶余饭后的研谈中深感一些有嚼头的选题有必要进一步地深化或拓展，慢慢构思出一本内容偏重轻历史的杂志书雏形，意欲采用连续出版物的形式，在大部头的图书与快节奏的报刊之间取"中"，融合报刊的轻便丰富和书籍的系统深入，既不会使读者产生需要正襟危坐啃读长篇出版物的畏惧心理，又不会觉得不够有料，因浅尝辄止而怅然若失。

为了体现一种对高迈深远文字的追求与向往，这本连续出版物取名《语之可》，书名受启发于孔子所言"中人以上，可以语上也；中人以下，不可以语上也"。书的定名颇费踌躇，曾有《语可》《语上》之名，最后定名于《语之可》，是觉得这样语感更富于变化，语义也更丰富。特邀北京大学著名教授赵白生翻译成英文，赵教授初译"Beyond Words"，已觉极佳，不想他又颇费思量地译作"Proper Words"，我觉得这两个都是言近旨远，很棒地表达了我们所想表达的意味。

具体的选稿约稿，我们希望能够秉持一种独立纯粹的阅读趣味，在浩如烟海的文字中发现、邀约、筛选、整理那些兼具史料性、思想性、文学性的历史文化大散文。这些作品应该既有学者的深邃，旨要高迈、洋溢着天赋和洞见，又有文人的高格，灵动优美、感动人心，能够以最有价值最具力量的文字，剑指"文史之旨趣，家国之气象"。其余，英雄不问来路，无论作者声名，无论是否原发。

《语之可》原计划每季度推出一辑，每辑三册，每册6万到8万字，5到10篇文章，文章长短数千字至一两万字不等。每册所收文章内容旨趣相近，围绕一个画龙点睛的分册主题。每册都配有一组绚丽多姿的文艺插图，附有背景介绍和衍生的艺术史知识，构成一个微型的纸上主题画展,以期与内文的气质一脉相承,珠联璧合。装帧上我们希望这本书精巧易携、简静大气。

一位作家曾感慨:编辑是一群无声、无名的人,他们的一生像一块巨大冰岩,慢慢在燥热的世间溶化。这是个纸质出版从田园牧歌步入挽歌的时代,几个有点理想、有点激情又有点纠结、有点随性的编辑,究竟能做点什么呢?要不要做点什么呢?始终难忘讲述一群辞典编辑日常的日本小说《编舟记》,书中这样解释事业的"业"字:是指职业和工作,但也能从中感受到更深的含义,或许接近"天命"之意。如以烹饪调理为业的人,即是无法克制烹调热情的人,通过烹饪佳肴给众人的胃和心带来满足。每一个从业者,都是背负着如此命运、被上天选中的人。也许,我们这些以编辑为志业的人就是一群无法克制编辑热情的人,能够为读者呈奉出几本可资信赖的读物正是上苍给我们的机遇。一事精致,便可动人。很多英伦品牌历经数百年沉淀,淬炼出一种经久不衰的高尚风范,每件单品都仿佛在唤回一个逝去的优雅世界。纸质读本也是一种历久弥新的单品,以其可触可感,有热度、见性情的朴素温暖着人们的情感与记忆。在这个高速运转、速生速朽的时代,我们唯愿葆有初心，以真诚，以纯粹，分享打动内心的文字，也期盼这文字的辉光映亮更多的人。

虽然沉潜思量多年，就本书的出版而言，由于主观的懒散及客观的冗务，却是各种拖延蹉跎，只是在工作之余零敲碎打，有一搭无一搭。直到 2017 年年初，《语之可》第一辑《可惜风流总闲却》《英雄一去豪华尽》《也无风雨也无晴》才面世。此后的出版仍难脱我们的散漫风格，并不能严格按照原计划的每季度一辑的时间推出，第二辑《谁悲关山失路人》《白云千载空悠悠》《频倚阑干不自由》至 7 月才出版。好在图书出版后读者给予了热情的支持与期待，许多作者也表现出毫不计较的信任，我们感念之余深受鼓舞，决心使《语之可》坚守下去并日臻美好。

或是眼高手低，或是现实所羁，粗疏不足在所难免，敬请各位方家指正，更望多赐良作。

张亚丽

2017 年秋

图书在版编目（CIP）数据

语之可 . 08，家国乾坤大 / 张亚丽 主编 . -- 北京：作家出版社，2017.11

ISBN 978 - 7 - 5063 - 9752 - 0

Ⅰ.①语⋯　Ⅱ.①张⋯　Ⅲ.①散文集 – 中国 – 当代
Ⅳ.①I267

中国版本图书馆 CIP 数据核字（2017）第 259854 号

语之可 08：家国乾坤大

主　　编：张亚丽
责任编辑：杨兵兵
特约编辑：姬小琴
装帧设计：于文妍
出版发行：作家出版社
社　　址：北京农展馆南里 10 号　　　邮　　编：100125
电话传真：86 – 10 – 65930756（出版发行部）
　　　　　86 – 10 – 65004079（总编室）
　　　　　86 – 10 – 65015116（邮购部）
E – mail: zuojia@zuojia. net. cn
http: // www. haozuojia. com（作家在线）
印　　刷：三河市华业印务有限公司
成品尺寸：142 × 210
字　　数：103 千
印　　张：6.875
版　　次：2017 年 11 月第 1 版
印　　次：2017 年 11 月第 1 次印刷
ISBN 978 – 7 – 5063 – 9752 – 0
定　　价：35.00 元（平）

语之可

以文艺美浸润身心

用思想力澄明未来

隶属于中国作家协会的《作家文摘》报是一份以文史见长、兼顾时政的著名文化传媒品牌，内容涵盖历史真相揭秘、政治人物兴衰、名家妙笔精选、焦点事件深析，博采精选，求真深度，具有鲜明的办报特色。

依托《作家文摘》的语可书坊主打纯粹高格的纸质阅读产品，志在发现、推广那些意蕴醇厚、文笔隽秀的性灵之作，触探时代的纵深与人性的幽微。

作家文摘　　語可書坊

投稿邮箱：yukeshufang@163.com